HAYMON verlag

David Fuchs

Bevor wir verschwinden

Roman

Die Drucklegung erfolgte mit freundlicher Unterstützung der Abteilung Kultur und Bildung der Stadt Linz und der Direktion Kultur des Amtes der Oberösterreichischen Landesregierung.

MIX
Papier aus verantwortungsvollen Quellen
FSC® C083411

Auflage:
4 3 2
2021 2020 2019 2018

HAYMON verlag
Innsbruck-Wien
www.haymonverlag.at

ISBN 978-3-7099-3433-3

Umschlaggestaltung: hißmann, heilmann, hamburg
Umschlagabbildung: plainpicture / Martin Benner
Satz: Da-TeX Gerd Blumenstein, Leipzig

Gedruckt auf umweltfreundlichem,
chlor- und säurefrei gebleichtem Papier.

It suddenly seemed very important that I look closely, as closely as I could.

Frank Huyler, „The Blood of Strangers“

1

Wir defibrillieren Schweine in Planschbecken. Für meine Dissertation. Wir narkotisieren die Schweine, lösen Kammerflimmern aus und defibrillieren.

Gestern war Adelheid dran. Adelheid ist eine zweijährige Sau und es geht ihr schlecht. In der Nacht habe ich sie vier Mal defibrilliert und jetzt flimmert ihr Herz schon wieder. Ich kontrolliere die Klebeelektroden auf ihrem Brustkorb und drücke den Knopf. Adelheid zuckt.

Sehr gut, sagt Ed, Sinusrhythmus. Ed ist Krankenschwester an der Onkologie und verdient sich im Tierversuchslabor ein bisschen Geld dazu. Eigentlich heißt sie Edna, aber alle nennen sie Ed, weil sie Edna nicht mag. Ich kann das verstehen. Ich heiße Benjamin Marius Maier. Marius benutze ich nicht. Das klingt, als hätten meine Eltern mich Maria nennen wollen, aber nicht den Mut dazu gehabt. Und Benjamin, nicht Ben. Ben klingt wie ein steifer Schwanz.

Ich kann Adelheids Puls in der Leiste kaum spüren. Er ist schwach, aber rhythmisch. Der Blutdruck am Monitor ist zu niedrig und ich sage zu Ed, dreh bitte das Adrenalin höher. Sie drückt ein paar Tasten auf der Motorspritze. Die Spritze piepst und Adelheids Blutdruck steigt.

Man kann Menschen nach einer Reanimation mit Wasser kühlen, um das Hirn zu schützen. Wenn es zu lange ohne Sauerstoff bleibt, geht es kaputt, und die Reanimation war sinnlos. Viele Patienten muss man aber oft defibrillieren, und dabei muss natürlich Strom fließen. Und keiner weiß, was passiert, wenn man das unter Wasser macht. Deshalb die Schweine und deshalb die Planschbecken.

Die Schweine sind sowieso Schlachtvieh. Bei uns bekommen sie gutes Futter und echtes Stroh, und am Ende gibt es eine Narkose, da bekommen sie vom Sterben gar nichts mehr mit. Es geht ihnen gut.

Um die Herzen zum Flimmern zu bringen, machen wir einen Schnitt in der Leiste und führen einen Katheter bis zum Herz. Man muss nah ran, damit es funktioniert. Es reicht aber nicht, das Herz mechanisch zu stimulieren, also es sozusagen anzustupsen. Man braucht einen elektrischen Reiz. An dem Katheter hängt ein Kästchen, das wie eine Bombe aus einem Film aussieht. Es ist eine Kunststoffschachtel mit Drähten, roten, gelben, blauen, und Drehrädern, die die Stromstärke regulieren. Damit kann man dem Schweineherz den elektrischen Schlag versetzen, den es braucht, um zu flimmern.

Okay, sage ich zu Ed, jetzt ist sie stabil, willst du einen Kaffee? Ed sagt, nein danke, ich muss in den Tagdienst.

Kommst du morgen auf die Station?, fragt sie und ich sage, klar.

Ab morgen habe ich ein Praktikum auf Eds Station. Ich brauche noch vier Wochen Praktikum, drei Prüfungen und die Dissertation, und dann bin ich mit dem Studium fertig.

Onkologie interessiert mich nicht. Es war mir immer egal, wie sich die Chemotherapien von achtzig verschiedenen Lymphomarten voneinander unterscheiden. Falls überhaupt. Das einzig interessante Medikament ist Cyclophosphamid, von der Geschichte her. Das ist im Prinzip Senfgas, nur ein Atom ausgetauscht. Im Buch war das Molekül aufgezeichnet, also Senfgas und daneben Cyclophosphamid.

Wo soll ich morgen hin?, frage ich und Ed sagt, komm einfach nach der Personalabteilung auf die Station, ich zeige dir alles. Okay, sage ich, dann in der Früh auf der Station. Bis morgen, sagt Ed. Sie nimmt ihre Tasche, tätschelt Adelheid an der Wange und geht.

Ich sehe auf dem Überwachungsmonitor, wie sie am Gang neben der Pflanze stehen bleibt, Hydrokulturkügelchen vom Boden aufhebt und sie einzeln zurück in den Topf legt.

2

Die Personalfrau hat mir einen Mantel gegeben, einen Schlüssel, einen Piepser und einen Namen: Oberarzt Wendelin Pomp. Bei dem soll ich mich melden, hat sie gesagt. Ich bin erstmal zu Ed auf die Station.

Es gibt keine Klimaanlage und Mitte August ist es im Krankenhaus richtig heiß. Klimaanlagen gibt es nur in den wichtigsten Bereichen: OP, Palliativstation, Personalverwaltung.

Jede Station hat ihren eigenen Geruch. Die Dermatologie von letztem Sommer habe ich noch in der Nase, diese Mischung aus Stuhl und Hautcreme, Suppe und Babypuder. Oder die alten Leute in der Notaufnahme, die aus ihren Wohnungen kommen und wie Essig riechen oder wie die Päckchen mit Lavendel aus dem Kleiderschrank.

Auf der Onkologie riecht es anders, wie eine Mischung aus Waschmittel und Fischsuppe mit Knoblauch. Ich stehe auf dem Stationsgang, lege den Kopf in den Nacken und rieche.

Und, sagt Ed hinter mir, interessant? Ich drehe mich um. In der Hand hält sie eine Bettpfanne und sie hat die Hosenbeine hochgekrempelt. Wenn ich jetzt lache, bringt sie mich um.

Hallo, sage ich, was soll interessant sein? Sie zeigt zur Decke. Die Lichter, sagt sie, interessant? Ich schüttle den Kopf. Ich habe nicht die Lichter angesehen, sage ich und sie sagt, vergiss es, komm mit.

Sie führt mich in einen kleinen Raum. Auf einer Anrichte an der Wand stehen Infusionsflaschen, einige mit roter, einige mit durchsichtiger Flüssigkeit, und alle aus Plastik.

Ed steht neben mir und wartet. Und jetzt?, frage ich und sie sagt, anziehen musst du dich noch. Wo?, frage ich und sie sagt, na hier, wirst ja keine Garderobe brauchen für den Mantel.

Ich ziehe den Mantel an und lege meinen Rucksack unter einen Tisch. Ed sagt, in fünfzehn Minuten ist Visite, wir fangen vorne im Stützpunkt an. Eine Blutabnahme ist noch vorher, schaffst du das?

Ich kann schon ziemlich gut Blut abnehmen. Sehr gut eigentlich, ich bin ja auch fast fertig mit dem Studium. Sicher, sage ich zu Ed, mache ich gern, wenn sie zu schwierig für dich ist. Das hat gesessen. Ed ist stolz darauf, dass sie gut stechen kann, das hat sie mir bei den Schweinen oft genug gesagt.

Sie sagt nichts, nimmt eine Plastikschale mit Blutröhrchen und drückt sie mir in die Hand. Der lässt sich nur von einem Arzt stechen, sagt sie und ich sage, ich bin kein Arzt. Sie nimmt zwei Infusionsflaschen. Aber fast, sagt sie, das muss reichen für den Herrn Wegener.

Das kann nicht sein. Ich nehme ein Blutröhrchen. Das Etikett: Ambros Wegener, 4.5.1978. Diesen Namen gibt es nicht zweimal.

Ambros Wegener heißt wie eine Krankheit. Das kann man im Lehrbuch nachschlagen, Gefäßentzündung mit Knötchenbildung. Obwohl die Krankheit vielleicht bald nicht mehr so heißen wird, weil Wegener, also der, nach dem die Krankheit benannt ist, ein Nazi war.

Ambros Wegener ist kein Nazi, sondern mein Exfreund, und ich will ihm auf keinen Fall Blut abnehmen. Aber das kann ich Ed nicht sagen. Ich muss es machen, weil wenn ich gleich die erste Blutabnahme nicht mache, bin ich bei den Schwestern untendurch.

Vielleicht lässt Ambros sich wirklich nur von einem Arzt stechen. Ich sollte es ihm gleich sagen. Also, hallo Ambros, kennst du mich noch, Arzt bin ich übrigens keiner. Und dann kann ich wieder gehen.

Stimmt was mit den Röhrchen nicht?, fragt Ed. Nein, sage ich, ich kenne nur den Patienten. Woher kennst du den Wegener?, fragt sie und ich sage, aus der Schule. Im Ernst, sagt sie, ist ja lustig.

Der Plastikboden ist frisch geputzt und glänzt. Meine Schuhe quietschen bei jedem Schritt. An Ambros' Zimmertüre hängt ein handgeschriebenes Schild: Personal bitte nicht klopfen. In Krankenhäusern klopft man sowieso nur aus Höflichkeit. Man wartet nicht, bis man hereingebeten wird, man klopft und geht ins Zimmer.

Im ersten Bett liegt ein alter Mann mit geschlossenen Augen und offenem Mund. Sein Gebiss hat sich gelockert. Er schmatzt zwischen zwei Atemzügen und das Gebiss klappert.

Ambros liegt im zweiten Bett. Hinter beiden Betten hängen gerahmte Kinderzeichnungen an der Wand. Er trägt einen blauen Krankenhauspyjama. Dünn sieht er aus. Er war schon damals in der Schule nicht dick, aber jetzt ist er richtig abgemagert. Aber er hat Haare. Sie sind kurz und schütter, aber es sind Haare. Ich habe nicht geglaubt, dass auf einer Onkologie jemand noch Haare haben kann.

Ich berühre ihn am Oberarm. Oberarm ist die beste Stelle, sowohl für die Hygiene als auch für die Intimsphäre. Oberarm geht immer. Das ist weniger nah als die Hand und trotzdem eine stärkende Berührung. Wir haben das an der Uni geübt. Die Hälfte spielt die Patienten und die Hälfte spielt die Ärzte. Die Patienten sitzen auf einem Sessel und weinen und die Ärzte legen ihnen die Hände auf die Oberarme. Ein paar haben sich nicht getraut oder wollten nicht, weil sie es blöd gefunden haben. Aber an der Uni hat der Oberarm immer funktioniert.

Ambros, sage ich. Er reagiert nicht. Ich greife fester zu und sage noch einmal lauter, Ambros. Der Alte im Nebenbett jammert kurz und ist wieder still. Ambros, sage ich, und schüttle ihn leicht. Er macht die Augen auf und sieht mich an. Guten Morgen, sagt er.

Ambros, sage ich. Er reibt sich die Augen. Ben, sagt er und sieht mich an, den Mantel, das Tablett mit den Blutröhrchen, bist das du? Praktikum, sage ich, seit heute. Wolltest du nicht etwas anderes studieren?, fragt er. Er greift zur Fernbedienung neben dem Bett und stellt das Kopfteil höher. Umdisponiert, sage ich.

Kommst du Blut abnehmen?, fragt er, und ich sage, soll ich jemand anderen holen? Nein, sagt er, warum? Ed behauptet, du lässt dich nur von Ärzten stechen, sage ich, und Ambros sagt, Ed redet den ganzen Tag nur Scheiße.

Ich lege den Stauschlauch an, nehme die Nadel zwischen Daumen und Zeigefinger und steche zu. Das Blut, das ins Röhrchen fließt, ist hellrot und pulsiert. Das ist nicht gut. Das ist gar nicht gut. Pulsieren heißt: Arterie getroffen. Ich schließe die Blutröhrchen an. Hoffentlich passiert nichts. Ambros fragt, alles okay? Jaja, sage ich. Nichts ist okay. Ich sitze am Bett meines Exfreundes im Krankenhaus und habe seine Armarterie punktiert. Die Armarterie ist eine Endarterie und das heißt: Wenn sie kaputtgeht, geht der Arm kaputt. Ich lege den Tupfer auf die Einstichstelle und ziehe die Nadel raus. Fest draufdrücken, sage ich zu Ambros.

Wie geht es dir?, fragt er und ich sage, gut. Ich möchte ihn nach seiner Diagnose fragen, warum er hier ist, was er gemacht hat die letzten Jahre, und während ich noch überlege, sagt er, erzähl, wieso Medizin, was hast du gemacht, wo? Ich sage, tut mir leid, ich kann jetzt nicht, ich muss zur Visite. Dann komm später wieder, sagt er, du musst mir alles erzählen.

3

Oberarzt Wendelin Pomp sitzt im Schwesternzimmer und liest Zeitung. Ich stelle die Blutröhrchen ab und sage, guten Morgen, ich bin der neue Student. Guten Morgen, sagt er, ich bin Pomp. Benjamin, sage ich und gebe ihm die Hand. Ich setze mich zu ihm.

Das Hochwasser, sagt er, schrecklich. Die Zeitung titelt mit JAHRHUNDERTHOCHWASSER und einem Foto von einem Feuerwehrboot, das auf einer überfluteten Straße schwimmt. Unsinn, sagt Pomp, Jahrhunderthochwasser ist Unsinn. Warum?, frage ich. Na ja, sagt er, wir haben 2002, woher wollen die wissen, ob im Rest des Jahrhunderts nicht noch ein schlimmeres Hochwasser kommt? Vielleicht meinen sie, dass es das schlimmste Hochwasser seit hundert Jahren ist, sage ich. Nein, sagt er, es hat gerade ein neues Jahrhundert angefangen und wir haben noch achtundneunzig Jahre Zeit.

Ed kommt herein und legt die Mappe mit Patientenkurven auf den Tisch. Pomp schiebt seine Kaffeetasse und die Zeitung zur Seite. Starten wir mit der Visite?, fragt Ed. Pomp nickt und schlägt die erste Kurve auf.

So, sagt er, wie geht es dem Wegener? Ed sagt, Ben war gerade bei ihm. Wer ist Ben?, fragt Pomp und ich sage, das bin ich. Ach so, sagt er, Benjamin. Wie geht es dem Wegener? Geht ihm ganz gut, sage ich und Pomp sagt, fein. Er streicht ein paar Infusionen weg und schreibt eine Tablette auf.

Was hat er überhaupt?, frage ich und Pomp hält mir die Kurve hin. Melanom steht da, linkes Schulterblatt, Clark Level IV, pT3aN0M1. Wenn ich mich jetzt an die Klassifikation erinnern würde. Aber M1 kenne ich. M1 heißt Metastasen. Er hat Metastasen?, frage ich und Pomp sagt, ui, die fehlen ja. Er nimmt seinen Stift und schreibt: 2. Lebermetastasen, 3. Lungenmetastasen, 4. Meningeosis carcinomatosa. Meningeosis heißt, Metastasen an den Hirnhäuten. Dura mater, Pia mater, Arachnoidea. Kurz: Scheißprognose. Schrecklich, sagt Pomp, oder? Haben wir schon einen Termin für die MR? Ed schüttelt den Kopf.

Wegen der Blutabnahme, sage ich. Welche Blutabnahme, fragt Pomp und ich sage, bei Wegener. Die war vielleicht arteriell. Na ja, sagt Pomp, wir werden ja sehen, ob der Arm kalt wird, und er klopft mir auf die Schulter.

Pomp blättert weiter. So, sagt er, der tote Kobicek. Habt ihr den ins selbe Zimmer gelegt? Ja, sagt Ed, sonst war nichts mehr frei.

Der tote Kobicek, sagt Pomp, will seit drei Monaten sterben und kann nicht. Sie haben ihn von zu Hause zum Sterben ins Altersheim geschickt und dann weiter auf die Neurologie. Nachdem er dort vier Wochen lang nicht gestorben ist, haben sie ihn wieder ins Heim gebracht. Er ist aber wieder nicht gestorben, also ist er jetzt bei uns. Wie lange schon?, frage ich und er sagt, seit gestern. In einer Woche, sagt er, schicke ich ihn zurück, falls er es bis dahin nicht geschafft hat.

Pomp macht die restlichen Patienten durch, streicht ein paar Medikamente weg und ordnet Untersuchungen an, dann gehen wir los. Ed fragt, wo fangen wir an?, und Pomp sagt, das ist mir egal. Dann nehmen wir gleich Bens Freund, sagt sie.

Der tote Kobicek liegt auf einem Luftkissenbett. Wie meine Schweine, die haben auch so eins. Der Motor am Fußende surrt und ein Schlauch bläst Luft in die Matratze. Auf dem Schlauch steht in gelben Klebebuchstaben „CPR“. Das heißt, man kann bei einer Reanimation den Schlauch aus dem Motor ziehen und die Matratze fällt in sich zusammen, damit man einen harten Untergrund für die Herzdruckmassage hat. Nicht, dass das für Kobicek wichtig wäre, aber die Technik ist da.

Das Bett verhindert Druckgeschwüre, was genauso angesichts der Gesamtsituation sowohl für Kobicek als auch die Schweine egal wäre, aber den Tierschützern nicht. Oder den Angehörigen.

Edna, sagt Pomp, nimm bitte das Gebiss raus, sonst erstickt er noch an seinen Zähnen.

Ambros hat Kopfhörer auf den Ohren und liest. Er hat eine normale Matratze und an seinem Bett ist kein Motor. Ich versuche, einen Blick auf seinen Arm zu kriegen. Sieht rosig aus. Zumindest ist er nicht kreideweiß. Und wenn ich wirklich die Arterie kaputt gemacht hätte, könnte er nicht so ruhig lesen.

Pomp geht weiter zu Ambros und spricht ein paar Worte mit ihm, aber ich höre nicht genau hin, weil ich Ed zusehen muss, wie sie dem toten Kobicek mit Handschuhen zuerst die Oberkieferprothese und dann die Unterkieferprothese entfernt. Es macht ein schmatzendes Geräusch.

Sobald ich den Termin weiß, sage ich es Ihnen, sagt Pomp und Ambros nickt. Ich will nach Hause, sagt er, und Pomp sagt, das verstehe ich.

Ich stelle mich hinter Pomp und winke Ambros zu. Er lächelt mich an und Pomp dreht sich kurz um. Sie können das ja mit Benjamin besprechen, sagt er, Sie kennen sich ja besser. Wiedersehen, sagt er, und geht aus dem Zimmer.

Was sollen wir besprechen?, frage ich Ambros und er sagt, keine Ahnung, es geht nur um den Termin für die MR. Aber jetzt erzähl, fragt er, was hast du gemacht die letzten Jahre?

Ich erzähle ihm vom Zivildienst im Altersheim, vom Studium, den Urlauben, Festivals und so weiter, und dann frage ich, und du, wolltest du nicht weg aus der Stadt und studieren? Wollte ich, sagt er, aber es war kein Geld mehr da, also bin ich geblieben, hab gearbeitet, gekellnert und so, und nebenbei fotografiert. Und deine Mutter, sage ich und er sagt, weggezogen. Wo wohnt sie jetzt?, frage ich und er sagt, keine Ahnung, irgendwo in Deutschland mit ihrem Typen.

Ich hole Pomp und Ed zwei Zimmer weiter ein. Am Türschild steht nur ein Name: Follert.

Du solltest wissen, sagt Ed zu Pomp, dass sie ihre Blutdrucktabletten immer noch nimmt. Warum?, fragt Pomp, die habe ich doch abgesetzt und Ed sagt, sie hat eine Packung im Nachtkästchen. Pomp sagt zu mir, Frau Follert hat ein Zungengrundkarzinom und ein Loch in der Wange. Sie nimmt eine Tablette, die fällt durch das Loch wieder raus und dann nimmt sie sie nochmal. Ich frage, warum macht sie das? Wahrscheinlich, sagt Pomp, hat ihr der Hausarzt irgendwann gesagt, dass sie stirbt, wenn sie die Blutdrucktabletten nicht nimmt.

Wir gehen ins Zimmer. Es riecht nach einem Raumspray mit Zitrusaroma und dazu, ganz leicht, nach faulem Fleisch.

Frau Follert, wie geht es Ihnen?, fragt Pomp und sie sagt, es geht mir gut. Sie hält sich ein Taschentuch vor den Mund und fängt damit den Speichel auf, der ihr beim Reden aus dem Mund läuft. Die rechte Seite ihres Gesichts ist von einem Verband verdeckt.

Gut, sagt Pomp, aber es gibt doch sicher etwas, das Sie stört. Der Geruch, sagt sie, der Geruch stört mich schon. Und Schmerzen?, fragt Pomp, und sie sagt, nur der Geruch, aber da kann man nichts machen. Pomp sagt, da kann man schon etwas machen, Schwester Edna macht Ihnen dann einen schönen Verband.

Möchten Sie eine Tablette zum Schlafen?, fragt Pomp. Nein danke, sagt Frau Follert, es ist nur der Geruch.

Nach der Visite sagt Pomp, willst du einen Kaffee? Ich sage ja, holen wir uns einen. Nicht auf der Station, sagt Pomp, da können uns die Schwestern sehen.

Das ist überall gleich. Wenn man mit der Visite fertig ist, muss man möglichst schnell von der Station verschwinden. Auch, wenn man nichts zu tun hat, weil wenn man auf der Station bleibt, fällt irgendeiner Schwester garantiert irgendeine Arbeit ein. Chirurgen haben es gut, die können sich im OP verstecken. Wir haben keinen OP, aber eben den Kaffeeautomaten im Erdgeschoß und eine Raucherterrasse.

4

Ich bin dann doch auf die Station zurückgegangen und Ed hat mich sofort erwischt. Sie fährt mit dem Verbandswagen zu Frau Follerts Zimmer. Hilfst du mir?, fragt sie. Sicher, sage ich, was soll ich tun? Wir gehen zum Zimmer.

Sei nett zu Frau Follert, sagt sie, sie hat letzte Woche versucht, sich aufzuhängen. Wie, sich aufzuhängen, sage ich, hier? Ja, hier, sagt Ed, aber sie hat es mit dem Infusionskatheter versucht und hat ihn sich dabei rausgerissen. War eine Sauerei, sagt sie, aber sonst ist nichts passiert. Geht es ihr jetzt besser?, frage ich und sie sagt, der Psychiater ist zufrieden. Sie klopft an die Türe.

Hallo, Frau Follert, sagt sie, wir machen jetzt den Verband. Frau Follert nickt und fährt mit den Fingern unter den Tupfer über ihrer Wange und kratzt sich.

Halt das hier, sagt Ed und drückt mir zwei Packungen Tupfer in die Hand. Sie legt ein grünes OP-Tuch auf den Verbandswagen und bereitet ihre Sachen vor. Sie nimmt mir die Tupfer ab, öffnet die Verpackung und lässt die Tupfer auf das Tuch fallen.

Sie stellt eine Tasse mit einer grünen Flüssigkeit hin. Das riecht wie Tee, sage ich und sie sagt, das ist auch Tee, Salbeitee, gegen den Geruch.

Zieh dir Handschuhe an, sagt Ed, und zieh bitte den Tee in ein paar Spritzen auf. Sie bereitet die restlichen Sachen vor und ich gebe ihr die Spritzen.

Ed entfernt den Verband. Es ist kein komplizierter Verband, nur Tupfer, die mit Klebeband fixiert sind. Mir wird schlecht. In Frau Follerts Wange ist ein Loch, durch das man ihre Zähne sehen kann. Die Ränder der Wunde sind dick und rot.

Immer, wenn mir schlecht wird, drücke ich die Zunge fest gegen den Gaumen und rolle die Zehen ein. Dann stehe ich so da und halte die Spannung, bis die Übelkeit nachlässt. Meistens hilft das, die Übelkeit ebbt langsam ab und tritt in den Hintergrund. Jetzt nicht, mir ist immer noch schlecht. Ich versuche, nicht hinzusehen. An der Wand über dem Bett hängen eine Kinderzeichnung und ein Kruzifix aus Holz.

Nimm das, sagt Ed und drückt mir einen Packen Tupfer in die Hand, und halt das da hin. Ich halte die Tupfer an Frau Follerts Hals, knapp unterhalb der Wunde. Ed nimmt die erste Spritze mit Salbeitee. Sie spült die Wunde, zuerst an den Rändern, dann in der Mitte über dem Loch. Einmal spritzt sie zu fest und Frau Follert hustet. Tut das gut?, fragt sie und Frau Follert nickt. Ich spüre den warmen Tee durch die Handschuhe.

Ed macht den Verband fertig. Ganz zuunterst kommt eine Auflage mit Kohlebeschichtung, gegen den Geruch. Darüber legt sie große Tupfer und klebt sie mit Pflasterstreifen fest.

Brauchen Sie noch etwas?, fragt Ed und Frau Follert sagt, Eis. Wie bitte?, sage ich, und sie sagt noch einmal lauter, Eis, bitte kann ich Eis haben. Holst du es bitte, sagt Ed, ich mache das hier inzwischen fertig.

Die Schwestern machen Eis in Urinproberöhrchen. Das funktioniert wie Paiper-Eis, nur kleiner und dünner. Sie machen Zitrone, Himbeere und Cola, aber sie frieren alles ein, was die Patienten wollen, Bier, Prosecco, Milch und so weiter. Ich gehe zum Kühlschrank und nehme eines von jeder Sorte mit. Eis in Urinproberöhrchen ist eine seltsame Idee. Aber so haben die Patienten einen Kühlschrank voll Eis und die ganzen Röhrchen eine sinnvolle Verwendung.

Ed hat den Verband wieder fertig gemacht und das Fenster geöffnet. Es riecht nach Salbeitee.

Welche Sorte wollen Sie?, frage ich und Frau Follert zeigt auf das Colaeis. Ich schiebe es ein Stück weit aus dem Röhrchen und berühre ihre Lippen mit dem Eis. Sie nimmt es in die Hand und saugt. Ed zieht die Handschuhe aus und sagt, ich nehme Zitrone. Für mich bleibt Himbeere.

Wir bleiben bei Frau Follert und lutschen unser Eis, Ed und ich, und am Ende werfen wir die leeren Röhrchen auf den Tisch mit dem Verbandszeug. Ed holt eine Tube mit Lippenbalsam aus einer Lade und drückt eine kleine Wurst heraus.

Sie verteilt die Creme mit dem Zeigefinger zuerst auf Frau Follerts Unterlippe, dann auf der Oberlippe. Sie nimmt noch etwas mehr und cremt die Mundwinkel ein.

5

Wegen der Aussicht, hat der Klassenvorstand gesagt, wegen der Aussicht sollen wir hinaufgehen, und ich habe mir gedacht, nie im Leben gehe ich auf den Petersdom rauf. Aber dann ist Ambros gegangen und ich auch.

Ich habe noch nie eine so enge Wendeltreppe gesehen. Beim Hinaufgehen kann man sich mit den Händen ein paar Stufen weiter oben abstützen, wie beim Bergsteigen. Ich stelle mir vor, wie es wäre, wenn jemand hier drin eine Panikattacke bekäme. Zum Glück ist Ambros relativ robust und ich habe vorhin heimlich ein Bier getrunken.

Das Treppenhaus ist eng und so schief, dass ich den Oberkörper schräg halten muss, um weiterzukommen. Wenn man die Ellenbogen ausstreckt, scheuert man links und rechts an den gefliesten Wänden. Ambros schaut zurück und sagt, Marius, beeil dich. Seit zwei Tagen nennt er mich Marius. Wahrscheinlich, weil es lateinisch klingt.

Wir treten auf eine Aussichtsplattform hinaus. Ich schaue auf die Stadt und stelle mir vor: fliegen. Ambros, sage ich, kannst mir eine schnorren? Er klemmt seine Zigarette in den Mundwinkel. Selbst gedreht. Er holt den Tabak raus, die Papers, den Filter. Er hat eine kleine Maschine zum Selberdrehen, stellt sie auf dem Steingeländer ab. Aber mit einer Maschine geht das Coole am Selberdrehen verloren. Schön werden sie aber, die Zigaretten. Bitte schön, sagt er und ich sage, danke, hast du mal Feuer?

Die Mädels wollen schon wieder runter. Zu kalt ist es und langweilig. Außerdem wollen sie auf einen Kaffee gehen und, wenn möglich, vorher den Papst sehen. Der Klassenvorstand geht mit. Wir sollen nachkommen, in zehn Minuten. So lange wollen sie warten, ob der Papst aus einem Fenster winkt.

Ich kann mir nicht vorstellen, dass der Papst aus dem Fenster winkt. Wahrscheinlich ist er nicht einmal da, sondern auf Auslandsreise. Und wenn er da wäre, hat er als Papst sicher Wichtigeres zu tun als Schülern zuzuwinken.

Aber wenn, dann müsste man natürlich ein Foto machen. Ambros könnte das, er hat eine Polaroid. Die Kameratasche steht neben ihm auf dem Boden.

Willst du nicht die Aussicht fotografieren?, frage ich und er sagt, Aussichten fotografiere ich nicht. Dreißig Fotos hat er schon gemacht, seit wir hier sind, aber keine einzige Aussicht, kein Gebäude. Nur Kunstfotos, und die fertigen Polaroids ordnet er dann in eine kleine Kiste. Er schüttelt sie nie. Polaroids muss man schütteln, während sie entwickeln, aber Ambros sagt, seine Polaroids brauchen das nicht.

Ich hole meine Kamera raus. Irgendjemand muss ja die Touristenfotos machen. Nur mehr vier Fotos übrig. Ich fotografiere die Aussicht, gegen die Sonne.

Dann lege ich einen leeren Film ein und stecke den vollen Film in die Dose.

Ich mache die Jacke zu, mir ist kalt. Ambros steht im T-Shirt da und hat die Jacke über die Kameratasche gelegt. Er sagt, hast du gehört, heute Abend ist Zimmerparty bei den Mädels, gehst du hin?, und ich frage, gehst du? Ambros zuckt mit den Schultern, sagt, schauen wir mal, und setzt sich auf einen kleinen Mauervorsprung. Schau, sage ich, und stupse mit der Schuhspitze seine Schuhspitze an, dieselbe Marke.

Seit wir auf dem Petersdom waren, nennt er mich nicht mehr Marius. Wir stehen auf dem Balkon vor dem Hotelzimmer und rauchen. Der Balkon ist winzig und gerade groß genug, dass wir beide Platz haben.

Ben, du, Ben, sagt Ambros, hast du schon gehört, der Harald hat zu Hause schon Internet?

Ich weiß nicht genau, was Internet ist, aber ich will mir auch nichts anmerken lassen und sage, wirklich, hat er das? Weißt du, was man damit alles machen kann, sagt Ambros, und ich sage, klar, und er sagt, da kann man alles Mögliche runterladen. Was kann man da runterladen?, frage ich und Ambros: Bilder runterladen kann man, der Harald hat ganze Diskettenschachteln voll.

Niemand hat ganze Diskettenschachteln voller Bilder, so viele Bilder hat niemand. Aber für gewöhnlich übertreibt Ambros nicht. Jetzt bin ich natürlich neugierig und frage, was macht er damit? Auf CD brennen, sagt Ambros, er verkauft an der Schule CDs.

Das mit den Bildern wäre nicht schlecht, aber auf CD brennen ist mir zu teuer. Der Harald verlangt einen Fünfziger pro CD, das kann ich mir nicht leisten. Höchstens für ein Spiel, aber selbst das ist Wucher. Außerdem halte ich den Harald nicht aus, und dann soll ich hingehen und ihn um eine CD bitten, nein danke.

Ich möchte Ambros fragen, warum er mich nicht mehr Marius nennt, warum er auf einmal aufgehört hat, obwohl wir immer noch in Rom sind. Habe ich etwas Falsches gesagt? Das Gesicht verzogen vielleicht? Ich weiß es nicht, aber ich traue mich auch nicht zu fragen. Ein paarmal traue ich mich fast, aber bevor ich mich zwingen kann, zu fragen, dreht drinnen jemand Bush auf. Jetzt wird getanzt, ich muss schnell rein.

Wenn schon mal Bush gespielt wird, und noch dazu Machinehead. Das ist nach dem ganzen Techno der erste vernünftige Song.

Ich werfe die Zigarette vom Balkon und drücke mich an Ambros vorbei zur Türe.

Die Fingerfallen hat, glaube ich, die Dani mitgebracht. Alle sitzen am Bett oder auf dem Boden, auch Ambros, und wollen spielen.

Das geht so: Jeweils zwei Leute spielen zusammen. Jeder steckt auf einer Seite einen Finger in die Fingerfalle. Und dann geht es darum, wer sich als Erster befreit.

Das ist eigentlich kein Spiel, eher ein Scherzartikel. Und wenn man ein Spiel daraus macht, ist es kindisch. Aber nach dem Bier und den Zigaretten ist es dann doch ganz lustig. Warum Ambros mitmacht, frage ich mich aber schon. Er hat als Einziger hier drin keinen Tropfen getrunken. Ambros trinkt nie. Er hat eigentlich noch nie erzählt, warum, aber ich habe ihn auch nie gefragt.

Es geht los. Harald hat sich Dani geschnappt und alle anderen haben sich auch schon zusammengefunden, also bleiben nur Ambros und ich. Ambros hat schon eine Fingerfalle in der Hand. Harald lacht und sagt, geht schon Benjamin, musst ihn dem Ambros reinstecken. Meine Ohren werden heiß. Ich will sagen, Harald, halt den Mund, aber Ambros hat den Finger schon drin und hält mir die Falle hin. Jetzt muss ich. Alle schauen mich an. Ich stecke meinen Finger rein. Harald stöhnt. Na dem werde ich was erzählen nachher.

Harald sagt, ich stoppe die Zeit, ich habe eine Casiouhr. Er hat die beste Casiouhr, die mit dem eingebauten Taschenrechner und den vielen Tasten. Aber eine Uhr mit Stoppuhrfunktion haben mehrere von uns, und bevor sie zu streiten beginnen, wer stoppen darf, sagt Dani, dann stoppt ihr halt alle, ich zähle bis drei und dann los.

Harald grinst Dani an. Der will jetzt alles andere als aus der Falle raus, der würde am liebsten den ganzen Abend da drinbleiben.

Ambros nimmt mit seiner freien Hand meine gefangene Hand und hält sie fest. Ich frage, was soll das, und er sagt nichts. Er bewegt seinen Finger in der Falle nach vorne, zu meinem Finger, bis sie sich berühren. Aber nicht ganz, nur fast, so, dass man gerade spüren kann, dass da ein anderer Finger ist. Dann lockert er das Plastikgeflecht der Fingerfalle und schiebt den Finger weiter gegen meinen, bis sie fest aneinanderstehen. Und dann entspannt sich die Falle und Ambros lässt meine Hand los, streicht auf meinem Handrücken nach vorne und schiebt langsam, mit Daumen und Zeigefinger, die Falle entlang meines Fingers nach vorn und wir sind frei.

Ambros zieht sein T-Shirt aus und wirft es auf seinen Polster. Was sollte das jetzt, frage ich und er sagt, von was sprichst du. Von dem Streicheln da drüben, sage ich, ich spreche von dem Streicheln da drüben. Was sollte das, sage ich, bist du eine Schwuchtel oder was, und er setzt sich aufs Bett und sagt nichts.

Ich schreie ihn an, sag schon, bist du eine Schwuchtel?, und er schreit zurück, schrei mich nicht an, du bist betrunken. Er springt auf und wirft seinen Polster auf den Boden.

Wie er dasteht und die Fäuste ballt. Neben ihm auf dem Boden der Polster und das T-Shirt. Ich packe ihn bei den Schultern. Ich bin nicht betrunken, sage ich, und ich meine das ernst. Ich stoße ihn weg und er stößt zurück. Ich schlage ihm mit der Hand ins Gesicht. Fass mich nicht an, schreie ich. Er wirft sich mit dem ganzen Gewicht auf mich und wir stürzen. Ich versuche, ihm den Arm zu verdrehen, aber er packt mich an den Handgelenken und fixiert mich auf dem Boden.

Ja, sagt er. Ich sage, was meinst du mit ja. Er atmet schnell. Er schwitzt ganz leicht auf der Stirn. Er lässt meine Handgelenke los und verlagert sein Gewicht auf seine Knie und kommt mit seinem Gesicht nah an mein Gesicht. Ich spüre meine Erektion. Ja, sagt er und küsst mich auf den Mund.

Ambros Wegener heißt wie eine Krankheit und schmeckt überall ein wenig salzig, außer auf den Lippen.

6

Ich habe meine Station verschlafen. Ich steige beim nächsten Halt aus und mache mich zu Fuß auf den Weg nach Hause.

Mein Handy piepst. Mein Vater schreibt, sind am Flughafen, bitte schalt die Kaffeemaschine aus. Ich schreibe zurück, schönen Urlaub. Er schreibt, wie war dein erster Tag?, und ich schreibe zurück, ganz gut.

Pomp ist sympathisch. Aber ein komischer Kerl, Internist halt, die sind wie früher in der Schule die Streber. Er hat aber eine realistische Art, der sagt einfach direkt, was er denkt.

Neben der Straße sind zwei Erdbeerfelder. Im Juni verkaufen sie die Erdbeeren in Fünf-Kilo-Kisten in Holzschuppen. Man kann sie auch selbst pflücken, und alles, was man dabei isst, muss man nicht bezahlen. Als Kind habe ich manchmal auf dem Heimweg rote Erdbeerkotze hinterlassen. Jetzt im August sind nur noch kaputte Pflanzen übrig und die Holzschuppen stehen leer.

Auf der anderen Straßenseite ist ein kleiner Bach. Soll heißen, normalerweise ist er klein. Jetzt ist er dreimal so breit wie sonst. Ein Haus liegt direkt am Bach und am Ufer stehen Sandsäcke.

In dem Wald beim Erdbeerland haben Ambros und ich uns zuletzt gesehen, vor fünf Jahren, bei der Sache mit den Dinosauriern, und danach nicht wieder. Und jetzt liegt er auf meiner Station. Durchmetastasiert.

Ich schließe die Haustüre, werfe meinen Rucksack auf den Boden und mache mir einen Cappuccino. Ambros liegt jetzt wahrscheinlich neben dem toten Kobicek und starrt die Decke an. Oder liest irgendwas. Vielleicht sollte ich auch etwas lesen. Vielleicht über Melanome.

Ich nehme einen Schluck Kaffee. Kaum habe ich hinuntergeschluckt, läuft mir das Wasser im Mund zusammen. Mir wird schwindlig und es schüttelt mich. Ich laufe zum Klo, schaffe es nicht ganz und kotze auf den Boden. Es riecht nach Magensäure und Kaffee. Ich kotze ein zweites Mal, aber diesmal in die Klomuschel. Auf meinen Lippen steht Milchschaum.

Ich sitze neben dem Klo und wische mir den Mund mit Klopapier ab. Wahrscheinlich habe ich auch Hirnhautmetastasen. Schwindel und Übelkeit sind oft die ersten Symptome. Okay, Hirnhautmetastasen sind nicht die häufigste Ursache für Schwindel und Übelkeit, aber ausgeschlossen ist es nicht. Und wenn Ambros das mit vierundzwanzig kriegen kann, warum nicht auch ich?

Ich bleibe ein paar Sekunden sitzen, stehe dann auf, stütze mich an der Klomuschel ab und warte, ob noch etwas kommt. Den Cappuccino leere ich in den Ausguss und suche im Medikamentenschrank nach einer Tablette gegen Übelkeit.

Ich nehme die Tablette und liege zwanzig Minuten auf der Couch, bis sie wirkt, dann gehe ich in mein Zimmer. Der Schwindel ist durch die Tablette schlimmer geworden, aber die Übelkeit ist weg.

Ich habe mein letztes sauberes T-Shirt angekotzt. Ich werfe es zur Wäsche und wasche mir die Hände und den Mund. Ich suche im Kleiderschrank in meinem alten Kinderzimmer und finde ein Langarmshirt. Es riecht muffig und mir wird wieder ein bisschen schlecht. Auf das Shirt sind ein rosa Wal und ein Schriftzug aufgedruckt: „Kunstgeschmack ist wirklich unwichtig“. Damals war das cool, ziemlich cool, und ich habe das Shirt sogar auf die Auslandswoche nach Rom mitgenommen.

7

Ich habe ein Lymphom. Ich bin ganz sicher. Oder ein Schilddrüsenkarzinom. Es kann gar nichts anderes sein. Ich habe es im Internet eingegeben, Diagnose Lymphknoten am Hals. Ich glaube natürlich nicht alles, was im Internet steht, aber im Pathologiebuch habe ich auch nachgesehen. Deshalb sitze ich nach der Morgenbesprechung im Ultraschallzimmer und warte auf Pomp.

Mit Glück ist es ein niedrig malignes Lymphom und mir bleiben noch fünfzehn oder zwanzig Jahre. Aber wenn es ein anaplastisches Schilddrüsenkarzinom ist, was dann? Tumorverdopplungszeit achtundvierzig Stunden. Dann ist alles vorbei. Obwohl, den Lymphknoten habe ich schon bestimmt eine Woche, und größer ist er seither nicht geworden.

Ich habe ihn abgemessen. Mit den Fingern habe ich ihn abgemessen und dann die Finger vom Hals zum Lineal bewegt, ohne den Abstand zu verändern. Zwei Zentimeter.

Ich höre auf der anderen Seite des Vorhangs die Türe aufgehen. Hallo, sagt Pomp, ist jemand drin? Hallo, sage ich.

Er kommt auf meine Seite des Vorhangs und schaut auf mein Shirt mit dem rosa Wal.

Weißt du, wer das gesagt hat?, fragt Pomp. Was, frage ich und er sagt, na der Spruch auf deinem Shirt, der ist von Jeff Koons. Aha, sage ich und er, kennst du den nicht, das war der Ehemann von Cicciolina. Aha, sage ich, wer ist Cicciolina? Ein italienisches Busenmodel, sagt er, nicht so wichtig. Was sollen wir schallen?

Den Lymphknoten, sage ich und zeige mit der rechten Hand hin, hier, am Hals. Seit wann hast du den?, fragt Pomp und ich sage, eine Woche. Okay, sagt er, dann leg dich mal hin.

Ich glaube, er glaubt, dass ich spinne. Ich glaube es ja selbst ein bisschen. Aber wenn er mich schon schallen kann, warum nicht, weil bevor ich wochenlang Angst habe, soll er glauben, was er will.

Pomp schallt und ich versuche, mich an die Bilder aus dem Internet zu erinnern. Lymphom, Karzinommetastase, Abszess, normaler Lymphknoten.

Gott sei Dank, normaler Lymphknoten. Vielleicht mit einem ganz kleinen Abszess vorne an der Spitze, aber bösartig sieht er nicht aus. Alles in Ordnung, sagt Pomp und steckt den Schallkopf zurück in die Halterung.

Ben, wir müssen noch reden, sagt Pomp. Wahrscheinlich will er mir jetzt sagen, dass er mich für einen typischen Studentenhypochonder hält.

Du hast Blut abgenommen, sagt Pomp, auf der Station. Ich sage, aber es war eh nicht arteriell. Nein, sagt Pomp, und das wäre auch egal, aber es geht um Blutabnahmen generell, und um die Schwestern.

Aha, sage ich. Keine Ahnung, worauf er hinauswill. Er setzt die Lesebrille ab. Er setzt sie nicht normal ab, sondern die Brille kann man am Steg bei der Nase einfach auseinandernehmen. Er nimmt mit je einer Hand eine Hälfte der Brille, steckt den Magneten am Steg wieder zusammen und verstaut die Brille in der Brusttasche.

Ben, sagt er, hörst du mich? Jaja, sage ich. Du solltest nicht Blut abnehmen, weil das Schwesternarbeit ist, und wenn du den Schwestern die Arbeit abnimmst, halsen sie dir sofort noch mehr auf, und dem Rest von uns auch. Okay, sage ich, keine Blutabnahmen. Keine Blutabnahmen, sagt er, kein Blutdruckmessen, keine Spritzen. Willst du noch hierbleiben, fragt Pomp, und beim Ultraschall zusehen? Ultraschall ist sterbenslangweilig. Am liebsten würde ich gleich auf die Station gehen und Blut abnehmen, aber das kann ich Pomp jetzt nicht sagen.

Er holt die erste Patientin ins Zimmer. Auf dem Zuweisungszettel steht Aloisia Huber, geboren 1939, Mammakarzinom, Nachsorge. Bitte nehmen Sie auf der Liege Platz, sagt Pomp, und machen Sie den Bauch frei. Dann zieht er den Vorhang zwischen uns und der Patientin zu.

Wir warten ein paar Minuten, er liest sich die Befunde durch und legt einen neuen Befund an. Wir sollen einen Bauchultraschall machen. Bauchultraschall, sagt Pomp, ist leicht, weil sich die Organe nicht bewegen. Herz ist schwieriger.

Ich ziehe den Vorhang zurück und da liegt Frau Huber splitternackt auf der Liege. Auf dem Bauch. Frau Huber, sagt Pomp, können Sie sich bitte umdrehen. Sie dreht sich um und ich decke ihre Scham und die Beine mit ihrem Mantel zu. Es ist ein brauner Stoffmantel mit goldenen Schnallen. Dann setze ich mich auf meinen Platz und Pomp dreht das Licht ab.

Wir schallen nach Frau Huber noch drei weitere Patienten, einen jungen Mann, der von seiner Knochenmarkbiopsie noch so sediert ist, dass er die ganze Untersuchung verschläft, eine Lehrerin, die alle ihre Organe ganz genau erklärt bekommen will, und einen Herzultraschall, der so dick ist, dass Pomp danach zu mir sagt, Herz vorhanden, und in den Befund schreibt, bei miserablen Schallverhältnissen in etwa normale Ejektionsfraktion. Ich lese kurz „Erektionsfraktion“, aber nur kurz, und ich glaube, mein Grinsen hat niemand bemerkt.

8

Ambros fragt, kannst du mir meine Fernsehkarte aufladen? Sicher, sage ich, wie geht das?, und er sagt, es gibt einen Automaten im Erdgeschoß. Er zieht sich am Galgen nach oben, kramt im Nachtkasten und gibt mir die Karte.

Der Galgen, das ist die Metallstange am Kopfende des Krankenbetts, die mit dem Plastikgriff und den ausgedruckten Schildern, die man darauf hängen kann. Keine Ahnung, warum das Galgen heißt. Ist wahrscheinlich historisch bedingt und kommt aus der Zeit, in der die Kranken noch zu zwanzigst im Saal gelegen sind und alle zur Visite kerzengerade neben dem Bett stehen mussten. Nackt bis auf die Unterhose, versteht sich, für die Untersuchung. Und die, die nicht mehr stehen konnten, sind nackt unter der Decke gelegen.

Die alten Ärzte erzählen immer die Geschichten von damals, wie aus dem Krieg. Die haben sich damals die Nadeln noch selbst geschliffen und sind dann zur Visite gegangen oder in den OP. Oder beides gleichzeitig. Sogar Ärzte um die vierzig erzählen schon so was, und die waren sicher nicht selber dabei.

An Kobiceks Galgen hängt ein Schild mit der Aufschrift „Angehörige zum Arzt“ und bei Ambros „Nüchtern“. Jemand hat davor mit Edding „SELTEN“ hingemalt.

Selten nüchtern?, frage ich. Was meinst du, sagt er und ich zeige auf das Schild. Ach das, sagt Ambros, das war Ed. Sie bastelt Schilder für mich. Sie hängt sie immer über mein Bett, sagt er, nur um mich zu ärgern. Sie macht das jedes Mal, wenn ich da bin. Bist du öfter hier?, frage ich und er sagt, oft genug.

Wusste ich nicht, sage ich und er sagt, jetzt weißt du es ja. Ben, sagt er, wolltest du nicht Betriebswirtschaft machen? Ja, sage ich, aber mir waren die Studienkollegen zu unsympathisch. Und dann machst du ausgerechnet Medizin, sagt er, waren da bessere Kollegen? Na ja, sage ich, nicht wirklich.

Ich habe mir immer gedacht, sagt Ambros, ich würde gerne etwas studieren, irgendetwas, aber mit möglichst wenigen Studienkollegen mit aufgestellten Poloshirtkrägen.

Zum Glück habe ich heute das Walfischshirt an und kein Poloshirt vom Krankenhaus. Obwohl, ich würde natürlich niemals den Kragen aufstellen. Das ist etwas für Juristen und Betriebswirtschaftler. Okay, bei den Medizinern sieht man die aufgestellten Krägen auch, aber es hat ja auch etwas Gutes: Aufgestellte Poloshirtkrägen und Bootsschuhe markieren die Idioten ziemlich zuverlässig. Um die kann man dann einen Bogen machen. Sind sowieso meistens uninteressante Typen, Papas Lieblingssöhnchen aus reichem Haus und so. Mein Vater ist nicht reich. Als Versicherungstyp geht das nicht. Wir sind jetzt nicht arm, wir haben ein Haus und eine Ferienwohnung und das alles, aber ich fahre nicht im Mercedes an die Uni.

Und, frage ich, was hast du gemacht, die ganzen Jahre? Bevor ich krank geworden bin, sagt er, habe ich ein bisschen gearbeitet, gekellnert, so was. Und fotografiert. Was hast du fotografiert?, frage ich und er sagt, ich habe ein Projekt. Wenn du willst, zeige ich dir mal was, aber ich habe nichts mit. Wenn ich rauskomme, sagt er, später mal.

Dasselbe wie früher, frage ich, oder Landschaften? Keine Touristenfotos, sagt er, und sicher keine Landschaften. Landschaften sind das Schlimmste. Ist schwer zu erklären, sagt er, Dinge und Menschen, Porträts, alles in Polaroid.

Würde mich interessieren, sage ich und er fragt, Landschaften? Nein, deine Fotos, sage ich, dein Projekt.

Warum bist du eigentlich auf der Onkologie, fragt er, ist doch depressiv hier. Ja, sage ich, aber ich habe ein Praktikum gebraucht und Ed hat es mir organisiert. Ed?, fragt er, und ich sage, ja, ich kenne Ed von den Schweinen. Welche Schweine?, fragt er und ich sage, erzähl ich dir später, ich muss noch arbeiten.

Also heute Nachmittag, sagt er, ich lade dich auf einen Hagebuttentee ein. Ist gut, sage ich und er gibt mir zwanzig Euro. Für die Fernsehkarte, sagt er.

9

Für Herrn Otto muss alles seine Ordnung haben. Die korrekte Anrede, sagt er, ist nicht „Herr Grawöger". Ich bin Ingenieur. Hören Sie mal, sagt er, das reimt sich sogar, Ingeni-eur Gra-wö-ger. Er holt ein Taschenmesser und einen Apfel aus seiner Reisetasche. Aber nennen Sie mich bitte einfach Herr Otto.

Ich schreibe „Ing." neben seinen Namen auf das Aufnahmeformular. Herr Otto ist, das steht links oben auf dem Formular, am dreiundzwanzigsten April 1922 geboren. Außerdem steht da noch, „Hauptdiagnose: Metastasierendes Lungenkarzinom", und in der nächsten Zeile „Aufnahmegrund", dann ein Doppelpunkt und eine leere Zeile.

Herr Otto kommt zur Aufnahme, und ich muss den Status machen, also die Untersuchung, die jeder Patient braucht. Wozu, weiß ich nicht, weil Pomp hat ihn aus der Ambulanz geschickt, aber jeder Patient braucht die Aufnahmeuntersuchung, da kann man nichts machen, also sitze ich in Herrn Ottos Zimmer. Er sieht ganz gut aus für einen Achtzigjährigen. Ein bisschen dünn, aber nicht schwer krank.

Ed hat gesagt, Herr Otto kommt immer mit irgendwelchen Beschwerden, Atemnot, Schmerzen, Schwäche, eigentlich aber immer dann, wenn seine Frau überlastet ist und nicht mehr kann. „Soziale Indikation zur Aufnahme" heißt das, aber das darf ich nicht auf das Formular schreiben, also frage ich, Herr

Otto, was bringt Sie zu uns? Herr Otto sagt, es geht mir gut. Das ist schön, sage ich, aber was bringt Sie heute ins Krankenhaus? Die Rettung, sagt er, klappt sein Taschenmesser auf und schneidet ein Stück von seinem Apfel ab.

Lachen Sie ein bisschen, sagt er, das war ein Witz, wollen Sie einen Apfel? Er hält mir ein Stück hin. Nein danke, sage ich und setze den Stift auf das leere Feld, warum hat die Rettung Sie ins Krankenhaus gebracht?

Ich war Betriebsrat, sagt er, ich bin gerne unter Leuten. Aber deshalb werden Sie ja nicht gekommen sein, sage ich und er sagt, nein, ich bin hier, weil ich Fieber habe. Sie haben sechsunddreißig Komma acht Grad, sage ich, das ist kein Fieber. Doch, sagt er, für mich schon. Zu Hause habe ich immer Untertemperatur, und alles über sechsunddreißig Grad ist für mich Fieber.

Wenn ich einen Euro hätte für jedes Mal, wenn mir jemand die Geschichte mit der Untertemperatur erzählt. Es gibt keine Untertemperatur. Unterkühlung ja, aber keine Untertemperatur. Damit kenne ich mich aus, wegen der Schweine. Fiebermesser sind einfach unterhalb von siebenunddreißig Grad ungenau, und außerdem messen die Leute oft falsch. Ich könnte versuchen, es Herrn Otto zu erklären, aber das hat bei ihm, glaube ich, keinen Sinn.

Natürlich, sage ich, aber welche Beschwerden haben Sie denn? Es geht mir gut, sagt Herr Otto, nur die Luft. Die Luft, sage ich. Die Luft, sagt er.

Ich schreibe „akute Atemnot" in das Formular. Ich mag Formulare. Es müssen aber Papierformulare sein. Ich mag nicht das Ausfüllen, sondern den Reiz, den ein leeres Feld ausübt. Wenn man es ausfüllt, ist der Reiz verloren.

Als Kind habe ich eine ganze Lade voll gehabt. Ich habe Anträge aus Ämtern gehabt, Zollanträge aus Amerika und britische Zettel vom Flughafen, auf glattem Papier, das komisch roch. Ich habe sie nie ausgefüllt und ich weiß auch nicht, was aus ihnen geworden ist, aber als Kind war es schön, die Lade zu öffnen und die Formulare anzusehen.

Herrn Ottos Sauerstoffbrille sitzt schief. Beide Öffnungen sind im selben Nasenloch. Herr Otto nimmt ein Stück Apfel in den Mund, kaut und schluckt, und atmet durch den Mund. Darf ich, sage ich und rücke die Sauerstoffbrille zurecht. Danke, sagt er, die Luft.

Er legt das Messer und den restlichen Apfel zur Seite und zupft mit den Fingern an der Sauerstoffbrille. Die Fingerspitzen sind gelb und die Nägel der kleinen Finger sind spitz zugefeilt. Wissen Sie, sagt er, fünfundvierzig Jahre war ich in der Firma und die Hälfte davon als Betriebsrat, da sieht man einiges. Das glaube ich Ihnen, sage ich, darf ich Sie abhören? Sein Atem hört sich eigentlich von hier aus ganz normal an und man merkt ihm beim Reden nichts an. Aber wenn er sich bewegt, wenn er den Apfel hinlegt oder sein Hemd hochzieht, damit ich ihn abhören kann, muss er aufhören zu reden, weil beides zugleich nicht geht.

Von meiner Schicht, sagt er, sind alle an Krebs gestorben. Die Gratiszigaretten, wissen Sie. Damals war das noch ganz anders. Und der Krieg, sagt er, im Krieg habe ich mir auch die Lunge ruiniert.

Bitte sprechen Sie nicht, sage ich und setze das Stethoskop auf seinen Rücken. Rechts höre ich ein Pfeifen beim Ausatmen und ein Rasseln. Raucherlunge. Links ist erst oberhalb des Schulterblatts ein leises Atemgeräusch. Ich reibe die Handflächen aneinander. Entschuldigung, sage ich, ich habe kalte Hände. Kein Problem, sagt Herr Otto, die sind sicher warm im Vergleich zu mir. Die Untertemperatur, wissen Sie?

Ich lege eine flache Hand auf seinen Brustkorb und klopfe mit dem Mittelfinger der anderen Hand darauf. Man muss das üben, aber dann geht es sehr gut. Man kann viel erklopfen, manchmal mehr, als man mit dem Stethoskop hören kann. Bevor man auf einer Station arbeiten darf, braucht man ein Praktikum, den Klopfkurs. Ich kann sehr gut klopfen, wahrscheinlich, weil ich lange, dünne Finger habe.

Ich bewege die Hand zwei Zentimeter nach unten, klopfe noch einmal. Ein dumpfes Geräusch ist gut, das bedeutet, unter dem Finger ist Luft. Das Klopfgeräusch wird aber schnell heller, wie wenn man an eine Wand klopft. Und das bedeutet, ab hier keine Lunge, keine Luft mehr unter meinen Fingern, sondern wahrscheinlich Wasser, ein Erguss aus dem Rippenfell rund um die Lunge. Herr Otto atmet mit einer Lungenhälfte.

Auf dem Zettel notiere ich, „perkutorisch deutliche Dämpfung über dem linken Unter- und Mittellappen, Verdacht auf Pleuraerguss".

Sie haben wahrscheinlich Wasser in der Lunge, sage ich. Weiß ich, sagt er, deshalb bin ich ja hier.

10

Ich wollte nach der Visite zu Ambros, aber er ist samt seinem Bett verschwunden. Kobicek, frage ich, wo ist Ambros? Der tote Kobicek antwortet nicht. Er sieht heute richtig gut aus. Wahrscheinlich liegt es an den Bartstoppeln und den fehlenden Zähnen. Man kann die Zunge sehen und darauf Borken aus getrocknetem Schleim, bis hinunter in den Rachen.

Ich setze mich in den Polstersessel beim Fenster. Draußen wartet Ed mit dem Infusionswagen, und ich will jetzt nicht Infusionen anhängen. Außerdem hat Pomp gesagt, ich muss die Schwesternarbeit nicht machen. Kobicek wird mich nicht verraten.

Kobicek, sage ich, wie geht es dir? Er sagt nichts. Du musst nicht reden, sage ich, kein Problem. Ich habe eine Freundin, die redet auch nicht viel. Sie heißt Adelheid. Ich glaube, ihr würdet euch mögen. Keine Antwort. Ich tätschle seine Hand. Ist schon gut, sage ich.

Auf Ambros' Nachtkästchen sind keine persönlichen Dinge, nur das Tablett mit seinem Mittagessen, eine Orange, ein Vitaminsaft in Kartonverpackung und sein Handyladegerät. Kein Foto, kein Buch. Ich frage mich, womit er sich die Zeit vertreibt. Aber andererseits, wer keine Zeit mehr hat, die man vertreiben muss, braucht keinen Zeitvertreib.

Ein Arztbrief liegt auch da. Ich nehme ihn und lese. Ich darf das, ich gehöre zum Team. Ambros wird es mir nicht übel nehmen. So muss er mir nicht alles selbst erzählen.

Arztbrief, 2.8.2002

Sehr geehrter Herr Kollege, sehr geehrte Frau Kollegin,

Herr Wegener stellt sich zur Befundbesprechung und zur Planung des weiteren Prozedere an der onkologischen Ambulanz vor.

Bei dem Patienten besteht ein metastasierendes Melanom. Primärerkrankung war ein Melanom der linken Scapula 1998, die Metastasierung wurde als Zufallsbefund im Rahmen der Nachsorge entdeckt und ist seit Dezember 2001 bekannt. Zunächst hatte er eine palliative Chemotherapie mit DTIC (vorübergehend Teilremission), dann eine Zweitlinientherapie (Temozolomid/Docetaxel) mit Progression bereits nach zwei Therapiekursen.

Rezent wurde nun eine Meningeosis carcinomatosa diagnostiziert, die bereits Schwindel und einmalig auch einen generalisierten Krampfanfall verursacht hat.

Wir besprechen eine intrathekale Chemotherapie zur Symptomkontrolle. Eine neuerliche systemische Chemotherapie halte ich aber für nicht mehr zielführend. Ich habe Herrn Wegener heute ausführlich über die Therapie und ihre Erfolgsaussichten aufgeklärt.

Er kann sich vorläufig nicht zu einer Therapie entschließen und hat sich Bedenkzeit erbeten.

Wir vereinbaren einen neuerlichen Ambulanztermin und wollen dann alles Weitere besprechen bzw. einen Therapieplan festlegen.

Mit kollegialen Grüßen,
Dr. Wendelin Pomp
Oberarzt

11

Ambros kommt fünfzehn Minuten später. Den Arztbrief habe ich genau so wieder hingelegt, wie ich ihn gefunden habe. Er muss ja nicht merken, dass ich ihn gelesen habe.

Der Krankenfahrer schiebt ihn mit dem Bett ins Zimmer. Hallo, sage ich, wo warst du? Ambros ist bis zum Kinn zugedeckt. Mir ist kalt, sagt er. Der Krankenfahrer verriegelt die Bremse am Bett und verabschiedet sich. Der ist durch den Keller gefahren, sagt Ambros, und im Keller ist es saukalt.

Wo warst du?, frage ich nochmal. Ambros schlägt die Decke zurück. Auf der Neurologie, sagt er, wegen dem Schwindel. Und, frage ich, was haben sie gesagt? Ambros sagt, Untersuchungen wollen sie machen, aber wirklich gute Ideen haben die auch keine. Aber, sagt er, du wolltest von den Schweinen erzählen.

Ich erzähle ihm von Adelheid, von den Planschbecken, den Defibrillationen. Spannend sagt Ambros, und wie lange machst du das schon? Drei Monate, sage ich, ich mache die Nachtdienste. Man kriegt ein bisschen Geld, auch als Student, aber nur, wenn man die Nächte macht. Und ist das nicht ungut, sagt er, ganz allein in der Nacht mit zwei toten Schweinen? Die sind nicht tot, sage ich, nur in Narkose.

Kann ich die Schweine mal sehen?, fragt Ambros.

Natürlich darf ich niemanden ins Labor mitnehmen, und schon gar keinen Patienten. Aber Ed hat auch manchmal ihren Freund da in der Nacht, wenn sie alleine Dienst hat.

Vielleicht in der Nacht, sage ich, wenn uns keiner sieht. Warum willst du das überhaupt? Interessiert mich einfach, sagt er. Er setzt sich auf und nimmt den Deckel von dem Tablett mit dem Mittagessen. Kalt, sagt er. Soll ich es dir aufwärmen?, frage ich und er sagt, nein danke. Er nimmt die kleine Plastikschüssel mit Apfelkompott und sagt, ich habe sowieso keinen Appetit. Magst du den Rest?, fragt er. Es gibt Buchstabensuppe und Naturschnitzel mit Reis. Danke, sage ich, ich habe schon gegessen. Klar, sagt er, Patientenessen isst du nicht.

Wir kriegen dasselbe Essen. Die meisten von uns haben irgendetwas von zu Hause mit, weil auf Dauer niemand das Krankenhausessen aushält. Nur Pomp geht jeden Tag um Punkt zwölf in die Kantine. Vorhin hat er sogar die Visite unterbrochen. Um zwölf ist Wendelin Pomps Essenszeit, und wenn es nicht gerade einen Notfall gibt, zieht er das auch durch.

Ich habe nur einen Apfel gegessen, den ich in der Stationsküche gestohlen habe, aber auf Ambros' Schnitzel habe ich keine Lust.

Der Neurologe hat gesagt, der Schwindel wird immer schlechter werden, sagt Ambros. Er nimmt noch einen Löffel Apfelkompott. Das ist der Punkt, sagt er, ab dem es bergab geht. Ab dem alles, was noch kommen kann, schlecht ist. Im besten Fall bleibt alles noch eine Zeitlang so, wie es jetzt ist. Und jetzt ist es auch schon schlecht. Er legt den Löffel auf das Tablett und verschließt die Kompottschüssel mit einem Plastikdeckel.

Was soll ich jetzt sagen, er hat ja Recht, ziemlich sicher, aber ob ich ihn in so was bestärken sollte, weiß ich nicht. Aha, sage ich, glaubst du? Ja sicher, sagt er, glaube ich das, schau mich doch an. Entschuldige, sage ich, ich habe nicht gewusst, was ich sagen soll. Schon okay, sagt er, es war auch ein dummer Gedanke.

Hast du die Fernsehkarte aufgeladen?, fragt er und ich sage, sorry, die habe ich vergessen, ich bringe sie dir morgen. Passt schon, sagt Ambros, unterhalte ich mich noch einen Abend mit Kobicek.

Weißt du, wie Kobicek mit Vornamen heißt?, fragt er und ich sage, keine Ahnung. Ich habe wirklich keine Ahnung. Alle nennen ihn den toten Kobicek, und den Vornamen habe ich noch nicht bewusst wahrgenommen.

Josef Alexander, sagt Ambros. Weißt du noch, sagt er, wie wir früher gezählt haben, wer den längsten Namen hat? Und du immer gewonnen hast, wegen deines zweiten Vornamens? Ja, sage ich, ich kann mich erinnern, was ist damit? Überleg mal, sagt er. Josef Alexander Kobicek, das sind einundzwanzig Zeichen. Er würde dich schlagen, sagt Ambros, der würde dich um zwei Zeichen schlagen. Na hoffentlich freut er sich, sage ich.

12

Bevor das Museum ein Museum war, war es eine Schule. Sogar die Basketballkörbe hängen noch an den Wänden. Die Lehrerin hat uns am Eingang abgesetzt und gesagt, wir sollen unsere Gedanken zu den Kunstwerken aufschreiben und morgen Referate darüber halten. Wir sollen uns verteilen, hat sie gesagt, und uns alles ansehen. Natürlich sind alle sofort zu dem Kunstwerk mit dem Wasser gelaufen und Ambros hat die letzten Gummistiefel bekommen. Ich habe die Hosenbeine hochgekrempelt und stehe barfuß im Wasser.

Am Boden ist ein lachendes Babygesicht aufgedruckt und neben mir schwimmt eine Plastikente. Ambros stupst sie mit dem Gummistiefel an. Harald steht auf einem Babyauge und Dani auf dem anderen. Ich zähle bis drei, sagt er und zählt, eins, zwei, drei, dann hüpfen beide und platschen auf die Babyaugen herunter. Schau, sagt Ambros, Harald hat Spaß mit Kunst. Lass ihn das bloß nicht hören, sage ich.

Meine Füße kribbeln. Immer, wenn ich auf einem Boden, auf dem man das normalerweise nicht macht, barfuß gehe, kribbeln meine Fußsohlen. Manchmal ziehe ich in der Schule während des Unterrichts die Hausschuhe und die Socken aus und stelle meine Füße auf den Boden, einfach so, wegen dem Kribbeln.

Dani quietscht. Harald kneift sie in die Seite und sie quietscht noch einmal. In der Halle klingt das seltsam laut. Die Lehrerin sieht Harald böse an.

Klar, sagt Ambros zu mir, wir stehen hier zwar alle in Gummistiefeln in einem gefluteten Turnsaal und notieren unsere Gefühle über eine Plastikente, aber wir sollen bitte schön nicht laut sein, das wäre dem Ernst der Lage nicht angemessen.

Das sagst du auch nur, weil du von Kunst nichts verstehst, sage ich und hebe die Ente hoch. Es ist eine einfache gelbe Plastikente mit einer Badehaube und einer großen Bürste. Ich sage, hallo Ente, das ist mein Freund Ambros. Er versteht dich nicht, sage ich. Ambros schüttelt den Kopf. Er meint es nicht so, sage ich und er sagt, ich meine gar nichts. Ich setze sie wieder zurück ins Wasser.

Ambros holt seine Kamera heraus und macht Fotos. Wahrscheinlich sollte ich meine Gedanken aufschreiben. Ich habe aber gerade nicht besonders viele Gedanken, jedenfalls keine über die tiefere Bedeutung des Kunstwerks, in dem ich stehe. Eigentlich habe ich nur den einen Gedanken: dass ich das alles ziemlich doof finde, aber das reicht für ein Referat morgen in der Zeichenstunde ziemlich sicher nicht. Wird schon irgendeiner halten. Am besten, wir machen ein Gruppenreferat.

Das mit dem Interpretieren ist wie in der Deutschstunde. Ambros kann sich echt was aus den Fingern saugen, aber bei mir geht das nicht. Goethe hat, glaube ich, den Faust nur geschrieben, damit sich Generationen von Deutschlehrern darauf einen runterholen können. Also jetzt nicht buchstäblich, sondern mit der ganzen Interpretation. Niemand kann einen Text schreiben und sich bei jedem Wort eine tiefere Bedeutung überlegen. Mir geht die tiefere Bedeutung meistens schon beim ersten Satz verloren. Goethe war alt und hat viel geschrieben, der konnte sicher ein paar tiefsinnige Sätze hintereinander schreiben, aber nicht ein ganzes Buch, in zwei Bänden noch dazu. Nein, ich glaube, der hat wirklich alle verarscht.

Dani läuft vor Harald davon, er ihr nach. Sie schreit wie verrückt, Lehrerin hin oder her. Das Wasser spritzt meterweit. Harald läuft an Ambros vorbei und spritzt ihm die Kamera nass. Ambros schreit, was soll das, kannst du nicht aufpassen? Harald dreht sich um, stößt mit Dani zusammen und beide fallen hin. Jetzt nutzen die Gummistiefel nichts mehr. Beide liegen im Wasser und alle lachen. Alle außer Ambros, der stellt sich vor Harald hin und schreit ihn an, spinnst du, siehst du, was du angerichtet hast, meine Kamera! Hast du überhaupt eine Ahnung, wie teuer die ist?

Harald sagt, halt die Fresse, und legt sich ganz ins Wasser. Eh nicht kalt, sagt er, und wedelt mit den Armen und Beinen, so, als wolle er einen Engel ins Wasser machen.

Haralds und Danis Eltern sollen sie abholen. Peinlich für die beiden, aber was soll die Lehrerin machen, die beiden sind komplett nass und draußen ist November.

Ambros hat die Gummistiefel ausgezogen und ich meine Füße abgetrocknet. Ich habe ihn an der Hand genommen und weggezogen und zwei Räume weiter hat er sich wieder beruhigt. Geht es dir gut?, sage ich zu Ambros und er sagt, es geht mir gut. Er zieht die Hand weg.

Wir stehen in einem kleinen Raum. Die Wände sind weiß und vor uns an der Wand steht in großen Buchstaben: Abwesenheit eines Objekts.

Wenn du Superkräfte haben könntest, fragt Ambros, welche hättest du dann gerne? Wie meinst du das jetzt, frage ich, wirklich Superkräfte, oder eher Technik, wie Batman? Nein, sagt er, schon richtig, wie Superman.

Richtige Superkräfte, sage ich, wenn ich richtige Superkräfte haben könnte, würde ich gerne die Zeit anhalten können. Die Zeit anhalten?, fragt Ambros und ich sage, ja, stell dir vor, jemand schießt auf mich. Dann halte ich die Zeit an, gehe zu ihm, stecke ihm seine Pistole in die Hose und binde ihm die Schuhbänder zusammen, gehe hinter die nächste Ecke und lasse die Zeit dann weiterlaufen.

Er lacht und sagt, aber wenn du die Zeit anhältst, ist dann die Zeit auf der ganzen Welt angehalten oder nur dort, wo du gerade bist? Es müsste schon auf der ganzen Welt sein, sage ich, weil das gäbe Probleme, wenn die Zeit nur rund um mich angehalten wäre.

Ambros fragt, und wenn du einfach richtig schnell wärst, wie The Flash? Das ist nicht dasselbe, sage ich, so schnell wäre mir zu stressig, ich möchte stehen bleiben können, mich umschauen und überlegen. Und dann erst die Zeit weiterlaufen lassen.

Du könntest eigentlich alles stehlen, sagt er, und alles tun, was du willst. Ja, sage ich, aber ich wäre einer von den Guten, ich würde Jungfrauen retten, Banken und Flugzeuge. Und wenn schon, sagt er, auch wenn du einer von den Guten wärst, würdest du nicht irgendwann mal was Illegales tun? Nein, sage ich, ich wäre wirklich richtig gut, wie Superman.

Ich würde außerdem auch nicht mehr Zeit haben als andere, sage ich. Ich müsste jedes Mal, wenn ich meine Superkraft benutze, die Zeitspanne hinten von meiner Lebenszeit abziehen. Na ja, sagt Ambros, auch egal wegen der fünf Minuten.

Ambros hätte gerne eine Maschine. Eine Maschine, sagt er, in die ich mich jeden Tag legen kann, die mich gesund hält. Also die alle Krankheiten wegmacht, wenn sie noch ganz klein sind. Auch Verletzungen, sage ich, und er nickt. Ich wäre unsterblich, sagt er. Na ja, sage ich, sterben würdest du ja trotzdem, halt an Mord oder Selbstmord. Oder an einem Unfall, sagt er, aber das ist alles ziemlich unwahrscheinlich. Und stell dir vor, du könntest nie mit dem Herz Probleme haben, nie Krebs oder Lungenentzündung kriegen oder sonst was. Wir wären ein gutes Team, sage ich. Du hättest deine Maschine und ich könnte die Zeit anhalten, wenn irgendein Unfall passiert, und dich retten. Und du könntest in meiner Maschine liegen, wenn ich sie nicht brauche, sagt er, dann wären wir faktisch unsterblich.

Ich höre die Lehrerin hinter mir. Sie sagt zu den anderen, kommt rein, aber leise, den Raum müsst ihr auf euch wirken lassen.

Ambros sieht mich an und unsere Arme berühren sich. Er nimmt meine Hand und hält sie fest, mit verschränkten Fingern.

13

Adelheid braucht einen Zugang für ihre Infusionen. Ich desinfiziere die Leiste und decke den Bereich mit einem OP-Tuch ab. Ich streiche ihr über die Schnauze. Dauert nicht lange, sage ich. Mein MP3-Player liegt auf dem Tisch und spielt „Novocaine for the Soul" von den Eels über zwei kleine Boxen. Das ist nicht erlaubt, aber ohne Musik würde ich die Nächte nicht durchhalten. Den Schweinen macht es nichts aus.

Ich gebe Adelheid eine Extradosis Schmerzmittel. Das sollte ihr letzter Zugang werden. Der hält zwei Wochen, und Adelheid soll in einer Woche aufwachen. Dann wird sie auf neurologische Auffälligkeiten untersucht und ein paar Tage später getötet und obduziert.

Schweine obduziere ich gerne. Ich mache es wie beim Menschen: Ein Schnitt durch den Hals bis an die Wirbel, dann entlang dem Brustbein die Rippenknorpel durchschneiden und das Brustbein anheben. Vorsichtig muss man sein und nicht zu fest drücken, wenn man die Rippenknorpel durchschneidet. Da liegt es dann, das Herz, das muss man nur noch an den großen Gefäßen abtrennen und herausnehmen. Es sind gesunde, fleischige Herzen, und die Gefäße sind, wenn man die Blutgerinnsel herausgezogen hat, glatt wie gekochte Cannelloni.

Das Schweineherz liegt flach im Körper und ist vergleichsweise plump, aber sonst dem Menschenherz relativ ähnlich. Zwei Vorhöfe, zwei Kammern, Kontraktion ungefähr achtzig Mal pro Minute. Es fühlt sich auch ähnlich an in der Hand. Einen Unterschied gibt es: Wenn man den rechten Vorhof entlangtastet, kann man eine Verhärtung spüren: den Herzknorpel. Bei alten Schweinen kann er verknöchern, aber wir haben nur Jungtiere, und bei denen fühlt er sich glatt und prall an.

Ich taste die Leistenarterie, nehme eine Zehn-Milliliter-Spritze und eine lange Nadel und punktiere die Leistenvene. Man sticht einfach zwei Zentimeter neben der Arterie und hofft auf dunkelrotes Blut. Zuerst kommt nichts, dann gehe ich steiler und tiefer ein, bis ich Blut in der Spritze habe. Ich ziehe die Spritze von der Nadel ab und führe einen Draht durch die hohle Nadel in das Gefäß. Keinesfalls darf man den Draht auslassen. Der Sog in der Vene genügt, und er ist weg.

Wenn Ambros mich sehen könnte. Richtiger Eingriff und so. Aber wahrscheinlich wäre es ihm egal, weil er andere Probleme hat als zentralvenöse Zugänge bei Schweinen.

Schon arg, wenn man so jung sterben muss. Das muss man mal aushalten, als Betroffener. Das gibt schon Perspektive fürs Leben, also mir jedenfalls. Aber wer weiß, was in Ambros' Kopf vorgeht mit den Metastasen drin, ob er das überhaupt kapiert. Ich glaube aber schon.

Ich nehme das Skalpell und mache einen Schnitt, wo der Draht durch die Haut geht. Dann schiebe ich über den Draht den Katheter rein. Geht nicht. Geht nicht rein. Ich schwitze, aber ich kann mich nicht abwischen, weil ich steril bin. Und weil ich mir das ganze Blut nicht auf die Stirn schmieren will. Dass so was aber auch nie auf Anhieb funktionieren kann.

Ich erweitere den Stichkanal mit einem Plastikröhrchen und schiebe den Katheter über den Draht ins Gefäß.

Blut auf Latexhandschuhen mag ich nicht. Es gerinnt und bildet einen schmutzigen Film, der mir Gänsehaut macht, wenn sich meine Finger berühren. Es fühlt sich ein bisschen wie Fingernägel auf einer Schultafel an, nur lautlos. Ich ziehe deshalb immer zwei Paar Handschuhe übereinander an und werfe das äußere Paar weg, wenn die größte Schweinerei vorbei ist.

Ich ziehe den Draht heraus und führe den Katheter weiter ein, bis die Plastikflügel an Adelheids Haut anliegen. Ich nehme den Nadelhalter und nähe den Katheter an der Haut an. Ich bin schlecht im Nähen. Genauer gesagt, im Knüpfen. Im Prinzip ist es ein normaler Knoten, aber es gibt eine Technik, mit der man viele Knoten schnell hintereinander machen kann. Ich habe es wirklich versucht, aber ich kann es nicht. Ich mache die Knoten beim Nähen immer langsam und binde sie wie Schuhbänder, mit zittrigen Fingern.

Bald kriegt Adelheid Gesellschaft. Morgen oder übermorgen kommt das nächste Schwein dran. Ich freue mich, weil die Nächte werden so wieder spannender. Und ich glaube, dass Adelheid Gesellschaft gut tun wird.

14

Ich möchte wissen, sagt Pomp am nächsten Tag in der Morgenbesprechung, welcher Idiot den toten Kobicek auf die Intensivstation verlegt hat. Es war der Assistenzarzt aus dem Nachtdienst. Pomp weiß das natürlich, und auch der Assi weiß, dass Pomp es weiß. Der Assi schwitzt. Er trägt rote Sportschuhe und seine Füße stinken. Der Beamer ist eingeschaltet und wir sehen dem Assi auf der Leinwand zu, wie er Werbemails aus seinem Postfach löscht, während wir auf den Beginn der Besprechung warten.

Die Chefin kommt, grüßt, setzt sich hin, und der Assi liest die Ereignisse aus dem Nachtdienst von seinem Notizzettel ab.

Zwei fiebernde Patienten, zwei Neuaufnahmen für Biopsien, ein paar Begutachtungen in der Notaufnahme. Bei Frau Follert alles friedlich, Ambros stabil, und so weiter. Wenn er nicht jeden Laborwert einzeln aufzählen würde, könnten wir schon fertig sein.

Kobicek, sagt der Assi und Pomp atmet hörbar durch die Nase aus. Kobicek, beginnt der Assi noch einmal, und Pomp sagt, Kobicek liegt völlig sinnlos auf der Intensiv. Ein Intensivbett für einen Sterbenden, was für ein Schwachsinn.

Die Chefin fragt, warum haben Sie den auf die Intensiv verlegt? Der Assi sagt, die Luft, er hat schlecht geatmet, und die Sättigung, er hatte nur neunundachtzig Prozent Sauerstoffsättigung, und ganz hässliche

Atemgeräusche. Pomp verschränkt die Arme und sagt, ein Sterbender mit Todesrasseln, ganz was Neues.

Die Chefin sieht beide an und sagt, na dann ist ja alles gut, wir nehmen den einfach zurück, falls es ihn noch gibt. Sie steht auf. Frohes Schaffen, sagt sie, ich bin heute ab Mittag weg.

Beim Hinausgehen sagt Pomp leise, aber so, dass der Assi es hören kann, Sauerstoffsättigung messen bei einem Sterbenden, das war der erste Fehler. Und das Stethoskop aufsetzen, das war der zweite.

Treffen wir uns bei der Visite, sagt er zu mir, ich sage, sehr gern, und der Assi geht mit quietschenden Turnschuhen in die Ambulanz.

15

Ich bin seit einer halben Stunde auf der Station und meine Arbeit ist fertig. Pomp hat angerufen, dass er in der Ambulanz feststeckt. In zwanzig Minuten will er da sein und ich weiß nicht, was ich bis dahin tun soll.

Vorhin habe ich schon im Schwesternstützpunkt nach Keksen gesucht und keine gefunden. Jetzt stehe ich herum und blättere in Befunden, damit die Schwestern nicht merken, dass ich nichts zu tun habe.

In Krankenhäusern ist es manchmal lähmend langweilig. Es kann so stressig sein, dass man nicht weiß, was man zuerst machen soll, und dann passiert auf einmal eine halbe Stunde oder eine Stunde lang gar nichts. Man könnte auf einen Kaffee gehen, oder etwas lesen, ein bisschen entspannen, aber das geht nicht. Es könnte nämlich jederzeit losgehen. Das ist aber nicht so wie im Fernsehen, dass die Sanitäter hereinstürmen, die Türen krachen, die Patienten schreien und die Sanis irgendwelche Informationen herunterrattern.

Eher ist es einfach so: Die Patienten stauen sich an einem Schalter, weil die Sekretärin auf Rauchpause ist oder sich ganz vorn in der Schlange ein Querulant beschwert. Und irgendwann ist die Zigarette fertig oder der Querulant abgewimmelt und alle Patienten kommen gleichzeitig auf die Station. Aber keiner läuft oder schreit, sondern sie ziehen alle ihre Rollkoffer und sind genervt vom Warten.

Überhaupt ist es ganz selten, dass im Krankenhaus jemand läuft oder laut wird. Und wenn, dann ist meistens kein Notfall, sondern einfach Chefvisite. Oder man ist im OP. Im OP wird viel geschrien, aber auch nicht, weil dort so viele Notfälle wären. Pomp ist nie im OP, und gelaufen ist er zum letzten Mal 1998. Da war ein Einbrecher auf der Station, aber bis Pomp angekommen ist, war der Sicherheitsdienst schon da.

Wie geht es eigentlich deinem Freund?, fragt Ed. Keine Ahnung, sage ich, ich habe ihn heute noch nicht gesehen. Du solltest mit ihm reden, sagt Ed, dem geht es nicht gut. Was meinst du?, frage ich und sie sagt, es geht ihm einfach nicht gut, schau mal nach ihm. Okay, sage ich und gehe zu Ambros' Zimmer.

Hallo Ben, sagt er, kommst du wegen der Fernsehkarte? Die Fernsehkarte. Ich habe die Fernsehkarte vergessen. Tut mir leid, sage ich, ich hatte noch keine Zeit. Das ist gelogen. Zeit hätte ich genug gehabt, aber ich habe das Geld für Mannerschnitten und Kaffee ausgegeben, und die Fernsehkarte habe ich seit gestern in der Manteltasche. Und jetzt hätte ich zur Garderobe laufen müssen, die Bankomatkarte holen, dann zum Bankomat laufen und Geld abheben. Und das war mir nach der Besprechung zu mühsam.

Bringe ich dir nachher, sage ich, und er sagt, das wäre super. Ed sagt, es geht dir nicht gut, sage ich und Ambros sieht mich an. Was meinst du?, fragt er und ich sage, keine Ahnung. Ich vermisse Kobicek, sagt er, vielleicht meint sie das. Ich mag sein Röcheln, sagt er, ich kann ohne sein Röcheln nicht schlafen.

Wahrscheinlich vermisst er Kobicek, weil dann jemand im Zimmer ist, der vor ihm sterben wird.

Kobicek kommt sicher bald zurück, sage ich, morgen haben sie viele Herzoperationen, da werden die Intensivbetten knapp. Gut, sagt Ambros, musst du nicht zur Visite? Schon, sage ich, aber nicht sofort. Na dann, sagt er, bleibst du noch ein bisschen? Gerne, sage ich und setze mich zu ihm aufs Bett. Er rückt ein Stück zur Seite.

Wenn ich so auf dem Bett sitze, komme ich mir vor wie bei der Visite. Die Chefin setzt sich bei der Visite immer zu den Patienten ins Bett. Jedenfalls, wenn sie irgendetwas Ungutes zu besprechen hat. Die Chefin und die Patientin sitzen dann am Bett, und alle anderen stehen rundherum und warten, bis es vorbei ist. Pomp würde so was nie machen.

Ich stehe auf, hole einen Sessel und stelle ihn neben das Bett. Ich setze mich. Das ist besser. Jetzt fühlt es sich an, als wäre ich zu Besuch.

Wir sitzen noch eine Zeitlang da, aber keiner redet. Ich räuspere mich und Ambros sieht aus dem Fenster.

Ich muss dann, sage ich, die Visite. Klar, sagt Ambros, lass dich nicht aufhalten.

16

Ich lese ein paar Befunde von einer Patientin, die ich nicht kenne. Es sind die Ergebnisse einer Knochenmarkbiopsie. Werden ihr nicht gefallen.

Ich lege den Zettel zurück und hole den Stauschlauch aus der Tasche. Die Schnalle hat die Form eines Delphinkopfs. Ich öffne sie und versuche, sie wieder einschnappen zu lassen. Die Schnalle ist kaputt. Pomp hat mir einen kaputten Stauschlauch angedreht. Ich wickle das elastische Band um meinen Zeigefinger und wickle es wieder ab.

Ed tippt mir auf die Schulter und fragt, hast du die Blutabnahmen gemacht? Nein, sage ich und sie sagt, es ist fast halb zehn, die sollten längst im Labor sein. Schon, sage ich, aber warum erzählst du mir das? Na ja, sagt sie, weil das deine Arbeit ist.

Jetzt ist es so weit. Jetzt versucht sie, mir ihre Arbeit unterzujubeln. Jetzt heißt es hart bleiben. Pomp hat es gesagt, und er hat Recht, also darf ich mich jetzt nicht beirren lassen. Ich trinke einen Schluck von meinem Kaffee. Blut abnehmen ist deine Arbeit, sage ich, nicht meine. Ich mache nur die Blutabnahmen, die ihr nicht schafft.

Natürlich kann Ed viel besser Blut abnehmen als ich. Klar, sie hat mehr Erfahrung und so weiter, aber es ist wirklich so: Die Schwester versucht, Blut abzunehmen, und wenn sie es nicht schafft, ruft sie den Arzt oder eben den Studenten und der soll es dann richten. Und dann gibt es die Schwestern, die es eben gar nicht versuchen, sondern alle Blutabnahmen einfach hinstellen, und die nur behaupten, sie hätten es nicht geschafft.

Nicht schaffen, sagt Ed, als würde es ums Schaffen gehen. Der Herr Student würde eh die Blutabnahmen gnädigerweise machen, die die doofe Schwester nicht schafft.

Das habe ich nicht so gesagt, sage ich. Du, sagt sie, stehst seit einer halben Stunde hier rum und tust nichts, während ich mir die Füße wundlaufe, und dann sagst du, du musst nichts tun, weil du nicht zuständig bist?

So ungefähr, sage ich, aber ich habe Befunde gesichtet. Jetzt werd nicht frech, sagt Ed. Überhaupt, sagt sie, woher hast du den Stauschlauch? Ich halte den Delphinstauschlauch hoch und sage, meinst du den? Ja, sagt sie, wo hast du den her? Gefunden, sage ich und Ed nimmt mir den Stauschlauch aus der Hand. Der gehört mir, sagt sie, und den Blödsinn mit den Blutabnahmen hast du sicher von Pomp. Sie drückt den Knopf auf dem Delphinkopf. Und kaputt ist er auch, sagt sie.

Na toll. Erste Woche und ich habe es mir mit den Schwestern verscherzt. Hätte ich die Blutabnahmen einfach gemacht, hätte ich jetzt kein Problem. Das war jetzt nicht gut, gar nicht gut.

Ed geht ins Infusionszimmer und kommt mit dem Wagen mit den Blutabnahmen zurück. Ich gehe zu ihr und sage, warte, ich helfe dir. Nein danke, sagt Ed, die dumme Schwester ruft den Herrn Studenten, wenn die dumme Schwester zu dumm zum Blutabnehmen ist.

17

Herr Otto braucht eine Pleurapunktion. Das heißt, wir wollen mit einer Nadel in seinen Brustkorb stechen und das Wasser herausholen.

Pomp sucht mit dem Ultraschall die Stelle, macht mit einem Filzstift ein Kreuz und quetscht eine ganze Tube Betäubungscreme darauf. Das lassen wir jetzt einwirken, sagt er, und nach der Visite punktiert Sie der junge Kollege. Kann der das auch?, fragt Herr Otto und Pomp sagt, er ist einer unserer Besten, ich würde es selbst von niemand anderem machen lassen. Sehr gut, sagt Herr Otto, dann bin ich erleichtert. Wissen Sie, sagt er, Sie machen das immer so gut, da habe ich Angst, wenn jemand anderes kommt.

Ich habe das noch nie gemacht. Besser gesagt, habe ich das zwei Mal gemacht, das erste Mal bei einem Kurs an der Uni. Das läuft so ab: Fünfzehn Studenten mit einem Assistenzarzt als Tutor um eine Puppe herum und der Assi zeigt vor, wie es geht. Dann dürfen zwei oder drei Studenten probieren.

Das zweite Mal war bei einem Schwein, aber das Schwein war zu dem Zeitpunkt sowieso schon mehr tot als lebendig, in Narkose, und außerdem ein Schwein.

Herr Otto sitzt auf dem Bett, redet mit uns, ist keine Puppe, nicht tot und ganz und gar kein Schwein.

Klar will ich die Punktion machen, aber Pomp hätte nicht so dick auftragen müssen. Wenn sich Herr Otto schon so sehr fürchtet.

In ein paar Minuten soll es losgehen. Pomp hat noch ein Gespräch mit der Tochter einer anderen Patientin und ich sitze am Stationscomputer und suche im Internet.

Man darf nie am Unterrand einer Rippe einstechen. Am Unterrand verlaufen die Gefäße, und die darf man nicht treffen. Oder waren die am Oberrand? Jetzt bin ich nicht mehr sicher.

Ich gebe in die Suchmaske ein: „Ablauf Pleurapunktion". Gleich der erste Link funktioniert nicht, weil der Pornofilter des Krankenhauses den Zugriff sperrt. Warum auch immer. Ich wüsste jetzt nicht, welche schlimmen Bilder da auftauchen sollten. Man macht das von hinten, also kann man sicher keine Nippel sehen oder so was.

Ich bin auch nicht sicher, ob jemand eine Pleurapunktion überhaupt geil finden kann. Ich habe in einem Sexshop einmal ein komplettes Harnkatheterset gesehen, aber eine Punktion ist ein anderes Kaliber.

Der zweite Link funktioniert. Ich gehe die Schritte nochmal durch, drucke die Seite aus, stecke sie in meine Manteltasche und warte auf Pomp. Der Ausdruck bringt mir nichts, weil nachher werde ich steril sein und kann sowieso nicht hingreifen. Und die einzelnen Blätter mit dem Ablauf mit Klebeband neben Herrn Otto aufhängen, das wäre unprofessionell. Trotzdem, beruhigend ist es schon, dass ich alles in der Tasche habe und nachschauen könnte, wenn ich müsste.

Herr Otto sitzt für die Punktion an der Bettkante und Ed stützt ihn von vorne. Der Sauerstoffschlauch ist zu kurz und spannt sich wie eine Wäscheschnur zwischen Herrn Otto und dem Anschluss an der Wand.

Das Gute ist, dass ich hinter ihm stehe, so kann er mich wenigstens nicht sehen.

Pomp steht neben mir. Zum Glück hat er sich Handschuhe angezogen, dann kann er mir helfen, wenn etwas schiefgeht. Ed grinst mich an. Ist sie noch immer böse auf mich? Sicher ist sie, sonst würde sie ja nicht so grinsen. Braucht auch nicht so tun, sie muss ja nichts machen, nur Herrn Otto festhalten und aufpassen, dass er nicht vom Bett fällt.

Pomp tippt mit dem Finger auf die Einstichstelle. Am Oberrand der Rippe, sagt er, nicht vergessen. Ich desinfiziere und setze die Lokalanästhesie. Die Nadelspitze zittert und ich steche zu langsam durch die Haut. Herr Otto zuckt.

Ich spritze das Lokalanästhetikum. Es macht eine kleine Beule in der Haut. Tiefer, sagt Pomp. Ich steche tiefer und spüre, wie ich an der Rippe entlangkratze. Herr Otto schreit auf und will aufstehen. Ed hält ihn fest. Ruhig, sagt sie, gleich ist es vorbei. Ich spritze noch mehr Lokale. Tiefer, sagt Pomp, trau dich. Was soll ich mich trauen?, fragt Herr Otto, und Pomp sagt, nicht Sie, der Kollege. Ich steche tiefer und ziehe am Spritzenkolben an. Blut fließt in die Spritze zurück. Oh Gott. Ich habe die Arterie getroffen. Das kann doch nicht sein, ich war doch am Knochen, genau am Oberrand entlang, ich kann unmöglich die Arterie getroffen haben. Ich sehe Pomp an. Er nickt.

Wir saugen den Erguss mit einer großen Spritze aus dem Brustkorb und spritzen alles in einen Plastikbeutel. Ich schwitze in dem grünen Stoffmantel und der Maske und es wird immer schwerer mit der Spritze. Ich ziehe, bis nichts mehr kommt. Es sind eineinhalb Liter. Ist das alles Blut?, frage ich.

Geht es Ihnen gut?, fragt Pomp. Alles bestens, sagt Herr Otto. Dann kann es kein Blut sein, sagt Pomp, kannst die Nadel rausziehen. Er wirft seine Handschuhe in den Mistkübel. Gut gemacht, sagt er.

18

Ich halte die Hände unter das warme Wasser. Sie haben aufgehört zu zittern. Hoffentlich habe ich nichts kaputt gemacht. Pomp hat schon Recht, es ist gar nicht möglich, dass man eineinhalb Liter Blut verliert und noch reden kann. Muss also nur ein bisschen Blutbeimischung gewesen sein. Ich könnte Ed bitten, dass sie in einer halben Stunde nach Herrn Otto sieht, aber Ed kann ich jetzt um nichts bitten.

Vielleicht sollte ich ihr einen Kaffee kaufen. Oder gleich Kaffeebohnen für die ganze Station. Oder einen Kuchen. Wenn ich einen Kuchen backen könnte, würde ich es tun. Kuchen kommt am besten. Ich werde ja die Studienkollegen nie verstehen, die am letzten Tag eines Praktikums den Kuchen mitbringen. Wenn ich einen Kuchen mitnehmen würde, dann gleich am Anfang und nicht am letzten Tag, an dem sich sowieso niemand mehr für den Studenten interessiert.

Also Kaffee. Ich trockne mir die Hände mit den Papierhandtüchern ab. Das einzige Papier, das im Krankenhaus noch weniger saugfähig ist als die Papierhandtücher, ist das Druckerpapier. Sonderbar, dass das jemand kauft. Aber wahrscheinlich ist es wie mit dem Essen und der Bettwäsche. Hauptsache billig.

Ich gehe zur Garderobe und dann zum Bankomaten, hebe Geld ab. Nach dem Streit und der Visite muss ich eine rauchen, sonst kann ich nicht weiterarbeiten. Am

Rückweg von der Raucherterrasse könnte ich gleich auch die Fernsehkarte aufladen.

Es regnet zwar ein bisschen, aber nicht so viel, dass ich richtig nass werde. Und es ist niemand da. Das ist gut, ich möchte jetzt sowieso mit niemandem sprechen. Ich zünde mir eine Zigarette an und lasse mich in einen der beiden Sessel fallen. Alles nicht so schlimm. Ed wird sich mit dem Kaffee wieder einkriegen, Ambros bekommt seine Fernsehkarte und Herr Otto wird nicht sterben, jedenfalls nicht jetzt und vor allem: nicht wegen mir. Das ist das Wichtigste. Dass er nicht wegen mir stirbt. Der Natur ihren Lauf lassen, okay, aber ich muss auch nicht direkt dazu beitragen. Das überlasse ich den Schweizer Vereinen und ein paar Ärzten in den Niederlanden.

Aber was, wenn Herr Otto doch an der Punktion stirbt? Dann wird jeder fragen, warum hat das der Student gemacht, warum hat das nicht der Oberarzt gemacht. Und dann bin ich dran. Obwohl Pomp gesagt hat, dass alles okay ist. Und er war ja bei der Punktion dabei, also hat er quasi mitgemacht.

Ich ziehe an der Zigarette. Hinter mir geht die Terrassentüre. Hey, Superstar, sagt Pomp, setzt sich neben mich und nimmt einen Schluck Kaffee. Er zeigt auf die Kaffeetasse. Espresso, sagt er. Genauso scheußlich wie der Rest aus dem Automaten, aber wenigstens ist er schneller im Magen. Er nimmt einen Schluck und fragt, hast du Angst? Ich nicke. Das ist normal, sagt er, mach dir keine Gedanken. Du hast es gut gemacht. Und das Blut?, frage ich. Vergiss das Blut, sagt er, das kommt von den Metastasen an der Thoraxwand, da musst du durchstechen.

Wir sagen eine Zeitlang nichts. Ich rauche und er trinkt Kaffee. Ob er mich gesucht hat? Er ist nicht mal Raucher.

Wegener, sagt Pomp, wie lange kennst du den schon? Seit der Schulzeit, sage ich. Und ihr seid gute Freunde?, fragt er. Nicht mehr, sage ich, aber in der Schule schon. Mhm, sagt Pomp. Wir waren ein Paar, sage ich. Er dreht den leeren Kaffeebecher zwischen den Fingern. So richtig?, fragt er. Ich nicke. Hätte ich nicht gedacht, sagt er. Dass wir ein Paar waren?, frage ich und er sagt, dass Wegener schwul ist. Und bei mir schon?, frage ich und er zuckt mit den Schultern. Schon scheiße, sagt er, das mit Wegener. Also mit seinem Melanom. Mhm, sage ich. Wenn du was brauchst, sagt er, komm jederzeit. Und sprich vielleicht mit der Psychologin. Ed hat ihre Nummer.

Ich spreche nicht mit einer Psychologin. Sicher nicht. Und schon gar nicht spreche ich mit einer Psychologin, wenn ich Ed nach ihrer Nummer fragen muss. Das wäre jetzt das Schönste, wenn ich Ed nach dem Streit um die Nummer bitten müsste. Und dann noch um die Nummer der Psychologin, weil ich Hilfe brauche, weil mein Exfreund zufällig auch mein Patient ist. Vielleicht ist das auch ein Test. Wenn ich jetzt zur

Psychologin laufe, bin ich kein gutes Material als Arzt. Wie auch immer, ich brauche keine Hilfe. Und schon gar nicht von einer Psychologin, die mir gegenübersitzt und mir sehr verständnisvoll erklärt, dass das alles eine ganz, ganz schwierige Situation ist.

Ich kaufe eine Packung Kaffeebohnen und lade die Fernsehkarte für Ambros auf. Der Automat spuckt den Zwanziger, den ich abgehoben habe, dreimal aus, also stecke ich einen Fünfziger hinein. Vielleicht haben sie ja Pay-TV im Krankenhaus.

Ich gehe auf die Station, klebe ein Post-it auf die Kaffeepackung, schreibe meinen Namen und einen Smiley darauf und stelle sie ins Schwesternzimmer. Ich achte darauf, dass mich die Pflegehelferin dabei sieht.

Ambros liegt im Bett und schaut die Wand an. Hallo, sagt er, und ich schließe die Türe. Ich gebe ihm die Fernsehkarte. Danke, sagt er und legt sie in die Nachkastenlade. Er sieht aus dem Fenster. Warst du schon draußen?, fragt er, regnet es? Ich sage, nur ein bisschen.

Es gibt Regen, der in so feinen Tropfen vom Himmel kommt, dass man, wenn man hinsieht, nicht weiß, ob es regnet oder nicht. Es ist wie ein dünner Schleier, den man erst bemerkt, wenn er weg ist. Und auf dem Boden in den Lacken machen die Tropfen so winzig kleine Wellen, dass man sie aus der Entfernung gar nicht wahrnimmt.

Ich mache das Fenster auf und halte die Hand hinaus. Jetzt kann ich den Regen spüren, viele kleine Tropfen, manche so klein und kalt, dass sie auf der Haut ein bisschen stechen.

Probier mal, sage ich. Ambros sagt, nein danke, ich glaube es dir auch so. Du solltest es wirklich versuchen, sage ich, es ist richtig angenehm. Wenn man sich an die kleinen Stiche gewöhnt hat, stimmt das sogar. Ambros sagt, na gut, kannst du mir helfen? Ich halte ihm den Arm hin und er stützt sich auf mich, als er aufsteht. Ich spüre sein Gewicht auf meinem Arm, meinen Schultern und ich rieche sein Deo, sein Duschgel.

Wir setzen uns auf die Bank beim Fenster und halten die Hände hinaus. Wirklich, sagt er, es regnet.

Ich habe es Pomp erzählt, sage ich. Was?, fragt er und ich sage, das mit uns, dass wir zusammen waren. Und?, fragt Ambros und ich sage, er war überrascht, dass du schwul bist. Im Ernst?, fragt er und ich sage, lustig, oder?

19

Herr Otto schläft. Ich kremple seinen Ärmel hoch und suche den Infusionszugang. Blaue Verschlusskappe. Das heißt, es ist eine sehr dünne Nadel, die nicht lange halten wird. Hoffentlich ist sie nicht schon kaputt. Ich schließe die Infusion an und beobachte die Tropfkammer. Nichts tropft. Wenn der Zugang jetzt nicht geht, bin ich aufgeschmissen. Dann muss ich versuchen, einen neuen Zugang zu legen, und wahrscheinlich muss ich erst wieder eine Schwester um Hilfe bitten. Oder den Oberarzt holen. Nur, den Oberarzt wegen einer Nadel zu holen, das geht nicht. Pomp würde es schon machen, glaube ich, aber peinlich wäre es trotzdem. Und man weiß es ja nicht, vielleicht kriegt er auch einen Schreikrampf wie der Chirurg letzten Sommer. Bei Oberärzten weiß man nie, ob nicht noch der Choleriker durchkommt.

Herr Doktor, kann ich Sie kurz sprechen? Frau Grawöger steht neben dem Bett ihres Mannes und ordnet die Packungen mit der Trinknahrung. Obwohl es dreißig Grad hat, hält sie einen Wollmantel in der Hand.

Tut mir leid, ich bin kein Arzt, sage ich. Frau Grawöger spricht leise. Herr Doktor, sagt sie, ich möchte über meinen Mann reden. Gern, sage ich, aber ich bin nur Student.

Mein Mann war Kampfschwimmer, sagt sie, in der Kriegsmarine, wussten Sie das? Ich schüttle den Kopf. Kampfschwimmer, sagt sie, so stolz war er.

Hat es damals überhaupt schon Kampfschwimmer gegeben? Ich stelle mir Herrn Otto als jungen Mann vor, wie er nachts aus dem Meer steigt, ein Messer zwischen den Zähnen. Das Wasser tropft von seinem Gummianzug und am Strand bewegen sich die Lichtkegel der Suchscheinwerfer.

Frau Grawöger sagt, und jetzt, Herr Doktor, was ist jetzt noch von ihm übrig? Herr Otto liegt da und bewegt nichts, keinen Muskel. Er hat keine Kraft mehr, sagt sie, nichts kann er alleine machen. Und verwirrt ist er auch oft, sagt sie. Sie streicht mit dem Handrücken über seine Wange. Wann soll er nach Hause?, fragt sie und ich sage, übermorgen. Das hat der Oberarzt schon gesagt, sagt sie, wie hieß der gleich? Doktor Pomp, sage ich, Doktor Wendelin Pomp. Pomp, sagt sie und zupft ein totes Blatt von den Tulpen auf dem Nachtkasten.

Herr Otto muss nach Hause. Wenn wir ihn nicht bald entlassen, haben wir ihn wochenlang am Hals. Dann ist er länger da als mein Praktikum dauert.

Wenn man Patienten, die aus sozialer Indikation auf der Station sind, nicht bald wieder entlässt, haben sich die Angehörigen schnell daran gewöhnt, und dann kriegt man die Patienten überhaupt nicht mehr raus. Und die Angehörigen sind auf Urlaub auf Mallorca und nicht erreichbar. Erlebt habe ich so was noch nicht, aber oft genug gehört.

Wissen Sie, sagt Frau Grawöger, mein Mann hat Angst, wenn er zu Hause ist und ich nicht da bin. Ich schreibe ihm Schilder mit großer Schrift, die er lesen kann. Was steht auf den Schildern?, frage ich und sie sagt, wo ich bin und dass ich gleich wiederkomme.

Trotzdem, sagt sie, muss ich ihn einsperren, obwohl mir natürlich nicht wohl dabei ist. Sie sagt, es ist schwierig, und er war immer so stolz.

Können wir draußen sprechen, Herr Doktor?, sagt sie und stellt die letzte Trinkpackung hin. Die Infusion tropft und Herr Otto hat sich immer noch nicht bewegt. Ja, sage ich, nach Ihnen. Wir gehen hinaus und ich lehne mich vor dem Zimmer an die Wand. Herr Doktor, sagt sie, sagen Sie es mir ehrlich, Sie können es mir sagen, wenn er es nicht hört, wie lange hat er denn noch?

Sie müssen wirklich den Oberarzt fragen, sage ich und sie sagt, der Oberarzt will mir nichts sagen, aber Sie können mir doch etwas sagen, Sie sind bestimmt so freundlich.

Es tut mir leid, sage ich, ich kann es wirklich nicht, ich kann es Ihnen nicht sagen, beim besten Willen. Wissen Sie, sage ich, das lässt sich ganz schlecht sagen, wir wissen es selbst nicht, wissen kann es nur der liebe Gott. Der liebe Gott, sagt sie und streicht ihren Mantel mit der freien Hand glatt.

Können Sie, sagt sie, dem Herrn Oberarzt etwas ausrichten? Ich nicke. Sagen Sie ihm, er möchte meinen Mann vielleicht noch einen Tag hierbehalten, einen Tag, oder zwei. Bitte sagen Sie ihm, er soll Untersuchungen machen, Infusionen, und ihn noch ein wenig hierbehalten. Mache ich, sage ich, wippe auf den Zehenspitzen und stoße mich von der Wand ab. Ich gebe ihr die Hand, dann gehe ich und hole die Infusionen für Frau Follert vom Wagen.

20

Die Mädels haben eine Picknickdecke mitgebracht. Dani, Ambros und ich sitzen am Seeufer auf der Decke. Rundherum in der Wiese sitzen andere Gruppen. Ein paar Meter weiter hat einer Boxen mit und spielt Smashing Pumpkins.

Der See ist gerade ziemlich in. Vor einem Jahr waren alle im Sommer in der Stadt, aber seit es die Tankstelle an der Zufahrtsstraße zum See gibt, sind alle hier. Man kann billig trinken, entweder bei der Tankstelle einkaufen oder überhaupt alles im Rucksack mitnehmen. Und man kann bleiben, so lange man will, auch, wenn man gar nichts trinkt.

Ein Obdachloser geht von Gruppe zu Gruppe und sammelt Leergut. Wir warten noch auf Harald. Harald ist bei der Tankstelle und holt was zu trinken. Er hat als Einziger einen Ausweis, in dem steht, dass er achtzehn ist. Harald ist sechzehn, so wie wir alle, aber er hat den Ausweis und ist ziemlich groß, also schicken wir immer ihn, weil wir auch Shots wollen. Kommt ein bisschen darauf an, wer an der Tankstelle Dienst hat, aber ein paar von denen sind bei den Shots schon recht genau.

Schön, die Boote, sagt Dani und Ambros sagt, schau, da ist ein Feuerwehrboot. Sie zündet sich eine Zigarette an.

Es ist immer derselbe Song, der aus den Boxen kommt: „1979“. Wir hören ihn viermal, dann kommt Harald. Er stellt seinen Rucksack auf den Boden und packt aus. Er gibt Dani eine Flasche Prosecco und sagt zu mir, willst du ein Bier? Ich hätte lieber auch Prosecco, aber das kann ich jetzt nicht zugeben. Gern, sage ich. Ich lege meinen Arm um Ambros. Dani sagt, ihr seid süß. Ja, supersüß, sagt Harald und drückt mir die Dose in die Hand, dann hält er Ambros eine hin. Nein danke, sagt Ambros, für mich nicht. Was trinkst du, fragt Harald, Prosecco?, und Ambros sagt, gar nichts. Ambros hat in seinem Rucksack eine Thermoskanne mit grünem Tee. Ambros trinkt keinen Alkohol. Er mag die Wirkung nicht, sagt er immer, er kifft lieber.

Dani prostet mir zu, ich stoße mit ihr an, dann mit Harald. Ambros gebe ich einen Kuss auf die Wange, dann trinke ich. Harald spuckt seinen Kaugummi in die Wiese und trinkt sein Bier auf einen Sitz aus.

Harald kann so schnell trinken wie keiner sonst. Er ist der Einzige aus der Klasse, der ein Turbobier schafft. Das geht so: Man nimmt eine Bierdose, sticht unten ein Loch hinein, hält das Loch zum Mund und öffnet auf der anderen Seite die Dose. Dann schießt das ganze Bier auf einmal in den Mund hinein. Man ist natürlich nass und stinkt den restlichen Abend nach Bier, aber man ist halt schnell betrunken. Nur: Wenn ich schnell besoffen sein will, trinke ich Shots und kein Turbobier. Ich habe es nur einmal versucht, und da habe ich gekotzt. Aber Harald will, glaube ich, einfach der Dani imponieren. Wenn ich sie mir so ansehe, wie sie jetzt dreinschaut, hat es aber nicht funktioniert.

Harald öffnet eine zweite Dose. Ah, sagt er und lehnt sich zurück auf die Ellenbogen. Ambros holt seine Papers aus dem Rucksack, den Tabak, das Gras. Er nimmt den Tabak aus der Packung und verteilt ihn auf dem Paper. Von einem größeren Brocken schüttelt er lose Fäden ab.

Er nimmt ein paar Brösel Gras aus einer Metalldose und verteilt sie auf dem Tabak. Dann formt er ein Röhrchen aus Karton als Filter, legt es an ein Ende und rollt den Joint zusammen. Er verzwirbelt das Paper und zündet ihn an. Das macht er langsam, mit drehenden Bewegungen, und er hebt die gezwirbelte Papierabdeckung, nachdem er sie rundherum angesengt hat, herunter.

Er nimmt einen Zug, gibt mir den Joint und sagt, schön, Smashing Pumpkins.

21

Der Bach ist über die Ufer getreten. Dass das überhaupt möglich ist, ist erstaunlich. Aber es ist wirklich passiert. Die Straße ist überschwemmt und die Ständer der Verkehrszeichen stehen zur Hälfte unter Wasser.

Ich gehe zurück in die Küche und hole Müsli und Kaffee auf die Terrasse. Keine Ahnung, wie ich ins Krankenhaus kommen soll. Auf der Straße durch das Wasser kann ich nicht. Es gibt eigentlich nur zwei Möglichkeiten: Hierbleiben und im Krankenhaus anrufen, dass ich nicht komme. Oder ich versuche es über den Berg hinter dem Haus und hoffe, dass die Züge noch fahren. Ich will zu Ambros, also gibt es sowieso nur eine Möglichkeit. Außerdem, was soll ich hier machen, allein im Haus, und rundherum ist nur Wasser und sonst nichts.

Ich packe ein paar Sachen: Handtuch, Zahnbürste, Gewand für ein paar Tage, Duschgel. Keine Ahnung, ob überhaupt noch ein Zug in die Stadt geht. Ich muss es versuchen.

Ich ziehe die Gummistiefel meines Vaters an. Sie sind mir eine Nummer zu klein. Meine eigenen Schuhe packe ich in den Rucksack zu den anderen Dingen.

Vielleicht sollte ich das Haus nicht zurücklassen, aber andererseits, wenn das Wasser wirklich so weit steigt, dass es das Haus erreicht, ist es besser, ich bin nicht dort. Am Ende würde ich noch auf dem Dach des überschwemmten Hauses sitzen und warten, bis mich ein Hubschrauber rettet.

Berg ist ein großer Name für den Hügel, der hinter dem Haus ansteigt und auf der anderen Seite ins Ortszentrum abfällt. Ich bin schnell oben bei dem Vierkantbauernhof mit dem aggressiven Hund. Normalerweise bellt der schon, wenn man sich dem Haus von weitem nähert, aber heute bei dem Regen ist er nirgends zu sehen. Klar, ich wäre auch nicht rausgegangen, wenn ich nicht müsste. Hoffentlich hält der Rucksack, weil ich bin jetzt schon völlig durchnässt. Immerhin ist der Regen warm.

Ambros kriegt im Krankenhaus sicher kaum etwas von dem Regen und dem Hochwasser mit. Höchstens aus der Zeitung oder dem Fernsehen. Jetzt, wo er wieder eine Fernsehkarte hat. Schade, es ist ein Jahrhunderthochwasser. Für Ambros ist es eigentlich ein Jahrtausendhochwasser, oder noch etwas Größeres. Er hat ja nicht mehr viel Zeit.

Der Gedanke an seinen Tod passt immer noch nicht. Wenn ich mit Pomp darüber rede, fühlt es sich an, als würden wir über irgendeinen anderen Patienten reden, nicht über Ambros.

Am Bahnsteig steht ein Zug. Es sind mehr Leute da als an einem normalen Tag und einige tragen Koffer und Reisetaschen. Ich gehe zum Schaffner und frage, fährt der Zug noch in die Stadt? Wenn Sie in die Stadt wollen, sagt er, sollten Sie einsteigen. Die Strecke wird heute eingestellt. Ich bedanke mich, kaufe am Automaten ein Ticket und steige ein.

Wie ich wieder zurückkommen soll, habe ich mir nicht überlegt. Schlafe ich halt bei den Schweinen oder im Dienstzimmer auf der Station. Irgendetwas wird sich finden.

Ich schaue aus dem Fenster. Heute kann man den Regen deutlich sehen, da muss man nicht die Hand aus dem Fenster halten. Ich fahre mir mit der Hand durch die Haare. Wasser tropft mir in den Nacken.

22

Es könnte schlimmer sein, sagt Ambros. Vor dem toten Kobicek war Holger mit mir im Zimmer. Holger mit Morbus Hodgkin. Ambros zieht an seiner Zigarette. Ich habe ihn mit dem Sitzwagen auf den Balkon geschoben.

Was ist mit Holger?, frage ich und er sagt, er hat ins Bett gekotzt. Das war sicher die Chemotherapie, sage ich, er kann nichts dafür. Ambros stützt sich mit beiden Händen auf und rutscht im Sessel herum, bis er gut sitzt. War es nicht, sagt er, das war der Schnaps aus der Reisetasche. Und außerdem, sagt er, selbst wenn, man kotzt nicht ins Bett, das ist eine Frage des Anstands.

Das Personal soll nicht auf der Patiententerrasse rauchen, das macht einen schlechten Eindruck. Als wenn das nicht egal wäre. Hier draußen sind nur Raucher, und gerade denen muss es egal sein, ob irgendein Arzt oder ein Pfleger raucht.

Ambros hat meinen weißen Mantel angezogen, weil ihm kalt war. Ihm ist immer kalt, obwohl es August ist und die Sonne die Station dermaßen aufheizt, dass viele Patienten in Unterhosen herumlaufen.

Ich stütze mich auf dem Balkongeländer ab und schaue auf den Eingang und die Einfahrt zur Rettungsgarage hinüber. Der Notarztwagen fährt aus der Garage, ohne Blaulicht. Wahrscheinlich Abendessen holen für die Notaufnahme.

Willst du einen Kaffee?, frage ich und Ambros sagt, ja, aber nicht den Patientenkaffee. Ich gehe zum Schwesternstützpunkt und mache zwei Cappuccinos.

Hast du gehört, sagt Ambros, das Hochwasser hat einen ganzen Ort überflutet. Das ganze Ortszentrum, alles ist verschwunden. Wie, verschwunden, frage ich und er sagt, dort steht das Wasser zwei Meter hoch und nur die Häuser schauen noch raus. Aber da sind keine Menschen mehr, sagt er, die sind alle verschwunden. Die sind nicht verschwunden, sage ich, die schlafen in Turnhallen oder in Schulen oder so. Ja sicher, sagt Ambros, aber aus dem Ort sind sie verschwunden und das ist eine schöne Vorstellung. Ich weiß nicht, sage ich, da steht alles unter Wasser und die Leute haben kein Zuhause mehr. Schon, sagt er, aber ich mag das Bild.

Ich kann auch nicht mehr ins Haus, sage ich, der Bach hat die Straße überschwemmt und es fährt kein Zug mehr zurück. Wo schläfst du?, fragt er, ich sage, ich weiß nicht, irgendwas werde ich schon finden.

Du kannst in meiner Wohnung schlafen, sagt er. Nein, sage ich, ich möchte dir keine Umstände machen. Machst du nicht, sagt er, wirklich nicht. Ich wäre froh, wenn jemand die Post holt, sagt er, ich brauche die Wohnung jetzt nicht. Er breitet die Arme aus. Ich habe ja das alles hier.

Wo wohnst du?, frage ich und er sagt, wie früher. Mhm, sage ich und lehne mich zurück.

Ich habe gestern meine erste Pleurapunktion gemacht, sage ich und sehe mich um, ob uns jemand zuhört. Deine erste was?, sagt Ambros.

Ich erkläre es ihm, aber sehr beeindruckt ist er nicht. Ist es gut gegangen?, fragt er und ich sage, alles perfekt.

Wann bist du weg aus der Stadt?, fragt Ambros. Ich sage, nach dem Zivildienst, zuerst ins Heim und dann in eine WG. Und hast du einen Freund?, fragt er und ich ziehe nochmal an meiner Zigarette. Ich lasse eine kleine Pause, und er sagt, entschuldige, ich wollte dich nicht ausfragen. Schon gut, sage ich, ich habe keinen Freund. Eigentlich hatte ich seit Ambros überhaupt keinen Freund. Auch keine kurzfristigen Sachen, gar nichts. Aber das sage ich ihm jetzt nicht. Nicht, dass er glaubt, ich trauere ihm noch nach. Ich habe ihn verlassen, da passt so was gar nicht. War auch nicht der Grund, warum ich keinen habe, ich hatte einfach zu viel zu tun, und wenn man den ganzen Tag zu Hause lernt, findet man niemanden.

Und du?, frage ich. Er sagt, na ja, vielleicht mache ich mich auf die Suche, jetzt, wo ich wieder Haare habe. Er lacht und ich dämpfe meine Zigarette aus.

Ich muss weiterarbeiten, sage ich, soll ich dich noch reinbringen? Nein, sagt er, ich bleibe noch, nimmst du dir den Schlüssel aus der Nachtkastenlade?

23

Der Polizist hat den langweiligsten Job der Welt. Er sitzt seit fünf Stunden im Zimmer bei Herrn Otto. Herr Otto will mit ihm Karten spielen, aber der Polizist will nicht. Herr Otto hat sich schon bei der Visite darüber beschwert.

Der Polizist bewacht den zweiten Patienten im Zimmer. Der wiederum hat eine Schlaftablette genommen und schnarcht. Ohne Schlaftablette schnarcht er nicht, liegt aber genauso da und bewegt sich kaum. Sein Rollstuhl steht in der Ecke neben dem Eingang zum Klo. Wegen einem Wirtschaftsdelikt sitzt er, hat der Polizist gesagt, keine Gefahr für die Schwestern, aber bewacht werden muss er, wegen der Fluchtgefahr.

Fluchtgefahr besteht sicher keine, weil es der Patient alleine nicht bis zum Rollstuhl schafft und abgesehen davon sowieso den ganzen Tag im Bett liegt. Aber bevor nicht die Haftunfähigkeit feststeht, wird er bewacht.

Wir haben Herrn Otto ein anderes Zimmer angeboten, aber er hat gesagt, er bleibe lieber hier, wegen der Gesellschaft. Außerdem, hat er gesagt, habe er so Polizeischutz, und man lese ohnehin so viel über Diebe im Krankenhaus.

Sehen Sie, sagt Herr Otto, dem jungen Mann fallen fast die Augen zu. Aber Karten spielen, das will er nicht. Der Polizist sagt nichts und liest seine Zeitung. Es ist kurz nach elf und ich bringe Herrn Otto seine

Schmerzinfusion. Sitzt den ganzen Vormittag schon rum, sagt Herr Otto, schaut in seine Zeitung und redet nicht mit mir. Blättert nicht einmal um.

Ich kann das verstehen. Wäre ich Polizist und den ganzen Tag mit Herrn Otto im Zimmer eingesperrt, würde ich mich auch hinter einer Zeitung verstecken.

Ich schließe die Infusion an. Sehen Sie, sagt Herr Otto, jetzt hat er umgeblättert. Lebt er also doch noch. Ich drehe die Infusion auf.

Wollen Sie einen Kaffee?, frage ich den Polizisten und der sagt, das wäre sehr nett. Sehen Sie, sagt Herr Otto, er kann ja doch reden.

Zum Glück habe ich Kaffee für die Station gekauft. Jetzt brauche ich kein schlechtes Gewissen zu haben, wenn ich zuerst Ambros und dann den Polizisten auf einen Stationskaffee einlade. Ich gehe zur Kaffeemaschine im Stützpunkt.

Ed füllt gerade Bohnen nach. Meine Bohnen. Danke, sagt sie und stellt die Verpackung neben die Kaffeemaschine. Gern, sage ich. Wie geht's dir?, fragt sie und ich sage, was meinst du? Das Praktikum, sagt sie, gefällt es dir? Gut, sage ich und sie sagt, aber schon schwer, mit deinem Exfreund. Alles bestens, sage ich.

Man kann in einem Krankenhaus wirklich nicht darauf vertrauen, dass irgendjemand etwas für sich behält. Okay, es war kein Geheimnis und ich habe Pomp nicht explizit gesagt, dass er es nicht weitererzählen soll, aber trotzdem, das war echt schnell.

Ein Studienkollege hat mal getestet, wie lange es braucht, bis ein Gerücht die Runde macht. Er hat eine Assistenzärztin im Aufenthaltsraum gefragt, warum sie bei der OP mit dem Oberarzt geweint hat.

Das war erfunden, sie hat nie geweint, aber nach nicht mal zwei Tagen hat ihm das Gerücht schon ein OP-Pfleger weitererzählt. Unter dem Siegel der Verschwiegenheit. Schon interessant, wie schnell das geht, aber die Assistenzärztin hat danach zwei Wochen nicht mehr mit ihm geredet.

24

Der Tag ist vorbei. Ich habe mir beim Automaten einen Kaffee gekauft und warte auf den Bus. Ich könnte die zehn Minuten bis zur S-Bahn zu Fuß gehen, aber ich will nicht. Ich bin müde, und der Kaffee hilft nicht.

Es fühlt sich seltsam an, in Ambros' Wohnung zu fahren. Ich war lange nicht bei ihm zu Hause, und jetzt soll ich dort schlafen. Das letzte Mal war ich, glaube ich, in der Wohnung, als seine Mutter noch bei ihm gewohnt hat. Eigentlich habe ich gedacht, dass Ambros irgendwann auszieht und nicht sie.

Ich trinke die letzten beiden Schlucke aus dem Becher und werfe ihn in den Mistkübel.

Eine alte Frau, die zwei Filzmäntel übereinander trägt, steht im Wartehäuschen. Sie hält ihre Handtasche vor dem Körper und sieht die Leute rundherum an. Hurensohn, sagt sie. Der Mann neben ihr geht ein paar Schritte weg und stellt sich neben das Wartehäuschen. Hurensohn, Hurensohn, sagt die Alte und sieht bei jedem „Hurensohn" jemand anderen an. Die ist psychotisch, ganz klar. Wer so rumschimpft, ist entweder psychotisch oder Oberarzt. Oder beides, das schließt sich nicht aus.

Mit jedem Schimpfwort, das sie den Leuten hinwirft, wird der Kreis um sie größer, und es geht sich nur knapp nicht aus, dass ich auch drankomme, weil der Bus in die Haltestelle einfährt.

Der Bus hält und ich drücke den Knopf für den Türöffner. Nichts passiert und ich drücke nochmal, mit dem Daumen, mit dem Zeigefinger, mit der flachen Hand. Die Alte steht an der hintersten Türe. Sie drückt auch, sehr schnell hintereinander, und schimpft. Mit jedem Drücken stößt sie ein Schimpfwort aus, scheiß Bus, sagt sie, und für jedes Wort drückt sie einmal auf den Knopf. Scheiß. Bus. Scheiß. Bus.

Die vorderste Türe öffnet sich und der Fahrer kommt heraus. Er winkt. Hier einsteigen, sagt er, bitte nur hier einsteigen. Die nehme ich sicher nicht mehr mit, sagt er, die macht nur Probleme. Die Alte hat nichts bemerkt. Sie steht immer noch an der Türe und drückt.

Wir steigen ein und der Bus fährt los. Die Alte bleibt zurück, schüttelt ihre Faust in der Luft und geht wieder ins Wartehäuschen.

25

Die S-Bahn ist fast leer. Auf dem Sitz vor mir schläft ein Mann mit blauer Jogginghose. Er stinkt nach Urin. Eine alte Frau mit Hut liest eine Gratiszeitung und benetzt vor dem Umblättern jedes Mal den Zeigefinger.

An der Endhaltestelle liegt ein Einkaufszentrum. Auf der Anzeigetafel auf dem Dach sind nur noch drei Schilder: ein Bäcker, ein Schuhgeschäft und ein Diskontsupermarkt, sonst sind alle Schilder abgenommen und man kann ihre Konturen auf der Tafel sehen.

Ambros' Siedlung besteht aus aneinandergedrängten Häusern, zwischen denen Gänge hineinführen wie in eine Burg. An den Eingängen stehen Schilder mit einem Mann mit offenem Mund, der die flache Hand nach vorne streckt. „Nur für Mieter", steht darunter, und daneben ist ein zweites Schild: „Spielen und Skateboard fahren verboten". Ich gehe durch einen der Gänge ins Innere der Siedlung.

Ambros' Haus liegt am Ende eines Weges aus Waschbetonplatten. Auf einem Balkon im ersten Stock steht ein Mann im Unterhemd und sieht mich an, als ich die Türe aufschließe.

Im Vorzimmer stehen zwei Paar Schuhe: dicke Winterstiefel und ein Paar Flip-Flops. Sonst ist da nur eine Sitzbank, und es ist sauber, kaum Staub.

Die Wohnung riecht genau wie früher. Bei Ambros hat es immer nach Käse gerochen. Wir haben damals gesucht, woher der Geruch kommt, aber nichts gefunden. Wir haben sogar die Möbel verrückt und in allen Ritzen gesucht. Der Geruch war einfach in der Wohnung. Ihn hat der Käsegeruch nicht gestört, aber mir zuliebe hat er Duftkerzen gekauft, die wir in seinem Zimmer angezündet haben, bis uns von dem Geruch schlecht war und wir mit offenem Fenster geschlafen haben.

Das Wohnzimmer ist anders als früher. Es ist fast leer. Auf dem Couchtisch sind Bücher gestapelt, als hätte sie jemand mit dem Lineal ausgerichtet. In einer Ecke hängen auf einer Stange vier weiße T-Shirts und auf einer Holzkiste steht ein Plattenspieler. Sonst ist da nichts, kein Fernseher, kein Bücherregal, gar nichts.

Früher war es vollgestellt mit Möbeln, mit Büchern und CDs. An der Wand sieht man noch die Umrisse der Regale. Dass er den Plattenspieler behalten hat. Schallplatten waren immer eine empfindliche Sache. Der Plattenspieler war noch von Ambros' Vater und durfte nur selten benutzt werden. Wenn seine Mutter einmal weg war, haben Ambros und ich oft Musik mit dem Plattenspieler gehört. Die Platten von Ambros' Vater waren überhaupt ganz tabu, besonders die rot-orange in der sechseckigen Hülle von den Rolling Stones, die war in den Siebzigerjahren verboten gewesen und sein Vater hat sie quasi bei Nacht und Nebel gekauft und zu Hause versteckt. Ambros hatte nur eine Platte, „Unplugged“ von Nirvana, und die haben wir früher dauernd gehört.

Die Platte durfte man nur am Rand angreifen und vorsichtig auf den Plattenteller legen. Der schwierige Part war jetzt, die Plattennadel, die sehr empfindlich war und die zu berühren oder nur grob anzusehen sozusagen den ganzen Plattenspieler ruinieren würde, ganz sachte auf die Platte zu bugsieren, also den Arm anzuheben, nach links zu schwenken, kurz auf die Nadel zu blasen und sie dann langsam auf die drehende Platte abzusenken. Ganz auf den Rand, damit das Titellied nicht abgerissen war. Vielleicht höre ich nachher eine Platte an.

Keine Ahnung, wo ich schlafen soll. In Ambros’ Bett will ich nicht. Wo schläft er überhaupt? Wo schläft man, wenn die eigene Mutter aus der Wohnung auszieht? Ich würde nicht im Kinderzimmer bleiben wollen. Ich müsste die Wohnung ganz übernehmen, sonst käme ich mir vor wie ein Gast. Aber im Elternschlafzimmer schlafen wäre auch komisch. Vielleicht würde ich die Räume ändern, also das Elternschlafzimmer zum Arbeitszimmer machen und das Arbeitszimmer zum Schlafzimmer und so weiter.

Ambros schläft im Kinderzimmer. Das Holzbett rechts an der Wand hat sich nicht verändert. Es hängen sogar dieselben Poster wie früher an der Wand: Bush, Smashing Pumpkins, Nirvana.

Warum schläft er in diesem Kinderzimmer aus den Neunzigern? Was, wenn er jemanden mit nach Hause nimmt? Also, jetzt nimmt er niemanden mehr mit nach Hause, aber davor, vor seiner Krankheit? Wenn ich mit jemandem nach Hause gehen würde und ich sähe dieses Kinderzimmer, ich würde davonlaufen. Wer will schon Sex in einem Bett aus der IKEA-Jugendkollektion von 1996?

Also das Schlafzimmer. Das Schlüsselloch ist mit schwarzem Klebeband abgeklebt. Ich öffne die Türe. Dieser Geruch. Ich habe diesen Geruch lange nicht in der Nase gehabt. Eigentlich seit der Schulzeit nicht mehr. Er hat das Schlafzimmer seiner Eltern zur Dunkelkammer umgebaut.

Der Geruch des Entwicklers und des Lösungsmittels hängt in der Luft. Er hat sich in die Oberfläche der Möbel und in die Wände eingeätzt. Wer bitte richtet sich im Schlafzimmer der Eltern eine Dunkelkammer ein, wenn nicht Ambros?

Er wollte immer eine Dunkelkammer. Nach der Romreise hat er sich seine erste Spiegelreflex gekauft und die Fotos in der Schule entwickelt. Der Zeichenlehrer hat ihn immer in die Dunkelkammer gelassen. Ambros hat damals ein paar Wochen von nichts anderem gesprochen, als dass er seine eigene Dunkelkammer will.

Ich schließe sofort hinter mir die Türe, aber es ist eigentlich egal, weil wenn es etwas zu ruinieren gibt, habe ich es mit dem Türöffnen schon erledigt. Ich taste mich zur Arbeitsbank und schalte das Rotlicht ein.

Die Dunkelkammer hat er sicher lange nicht mehr benutzt. In den Wannen sind die Reste der Flüssigkeiten eingetrocknet und auf den Arbeitsflächen ist eine Staubschicht. Auf den Schnüren zum Trocknen der Fotos hängen nur Wäscheklammern.

Rechts auf dem Arbeitstisch liegt ein Stapel Fotos. Ich nehme die Fotos und gehe ins Wohnzimmer zurück.

Ich lege sie einzeln auf den Couchtisch, oben auf den Bücherstapel. Es sind Polaroids. Eigentlich hat er nach Rom mit den Polaroids aufgehört. Ich streiche mit dem Finger über die Fotos. Es ist ein ganz eigenes Gefühl, eines, das man bei normalen Fotos nicht hat. Sie sind dicker und federn ein bisschen, wenn man draufdrückt. Und man kann sie unten an dem weißen Rand halten, ohne dass man das eigentliche Bild verschmiert.

Auf jedem Foto ist ein Gegenstand, und alle sind hier in der Wohnung aufgenommen. Ich sehe einen Sessel, eine Stereoanlage, zwei Pfannen, Teller, Handtücher, Bücher. Es sind keine guten Fotos. Abbilder von Gegenständen, nichts weiter. Früher war das anders. Ambros hatte schon immer den Anspruch, dass jedes Foto ganz besonders sein musste. Deshalb hat er von hundert Fotos vielleicht zwei oder drei behalten. Selbst, als er noch Polaroids gemacht hat. Ich glaube, deshalb ist er dann auf die Spiegelreflex umgestiegen. Da hatte er mehr Möglichkeiten.

Ich nehme das Foto des Sessels und gehe zurück in die Küche. Er ist nicht da. Im Bad ist auch nur ein einziges Handtuch, und das hat eine andere Farbe. Die Pfannen, die Bücher, nichts davon ist mehr in der Wohnung. Ich nehme die Fotos wieder in die Hand: noch mehr Gegenstände, ein Handy, mehr Bücher. Kleidung, ein Haarföhn, Zeitschriften. Ich packe die Fotos in meine Tasche.

Ich hole mir die Bettwäsche aus Ambros' Zimmer und mache mir auf der Couch eine Schlafgelegenheit. Meine T-Shirts hänge ich zu denen von Ambros, dann stört es mich, dass ich seine Ordnung durcheinandergebracht habe, und ich packe alles wieder in meine Tasche.

26

Am nächsten Vormittag kommt der tote Kobicek von der Intensiv zurück. Seine Atmung ist langsamer als sonst und alle paar Sekunden macht er eine Pause. Das waren die von der Intensiv, sagt Pomp, bei uns wird er wieder ganz der Alte.

Ich bin nicht sicher. Kobicek sieht heute Morgen, falls das überhaupt möglich ist, noch sterbender aus als sonst.

Ich nehme ihm Blut ab, aus der einzigen Vene, die er noch hat, an der Innenseite des linken Handgelenks. Er bewegt sich nicht, als ich ihn steche.

Ambros ist glücklich, dass er Kobicek wiederhat. Er hat sich von Ed sogar auf den Lehnstuhl im Zimmer begleiten lassen und sitzt schon seit zwei Stunden dort.

Gefällt dir die Wohnung?, fragt er und ich sage, ja, danke. Bitte, sagt er und sieht auf meine Blutröhrchen, gibt Kobicek brav Blut? Gibt er, sage ich. In der Wohnung stinkt es nach Käse, sage ich und Ambros lacht und sagt, wenn ich gewusst hätte, dass du kommen wirst, hätte ich natürlich Duftkerzen gekauft.

Ich nehme Kobicek die restlichen Blutröhrchen ab, ziehe die Nadel raus und sage, sind die Fotos dein Projekt? Welche Fotos?, fragt Ambros und ich sage, die Polaroids aus der Dunkelkammer.

Er nimmt einen Schluck von seinem Hagebuttentee und sagt, ja. Er überlegt kurz und sagt, es geht um die Abwesenheit.

Um den Moment, sagt er, vor dem Verschwinden. Alles Mögliche verschwindet und alle möglichen Leute. Dauernd verschwindet irgendwas oder irgendjemand. Ich fotografiere die Dinge, bevor sie verschwinden, verstehst du? Schon, sage ich, aber was hast du dann mit den ganzen Sachen gemacht? Weggeworfen, verkauft, verschenkt, sagt er, aber das ist nicht der Punkt. Willst du sie damit festhalten?, frage ich. Er sagt, nein, ich will sie nicht festhalten, und ich will mich auch nicht an sie erinnern. Ich will den Moment vor dem Verschwinden festhalten, also nicht das Ding, das verschwindet, sondern den Zeitpunkt. Kannst du das verstehen? Ich glaube schon, sage ich.

Es gibt noch mehr Fotos, sagt er. Wirklich, sage ich und er nickt. Die wirklich wichtigen Fotos, sagt er, sind in meinem Rucksack. Darf ich sie ansehen?, frage ich und er sagt, gerne, der Rucksack steht zu Hause. Aber bring ihn mit, sagt er, und sieh sie dir bitte nicht alleine an. Okay, sage ich.

Willst du Herrn Fridolin nehmen?, fragt er und ich frage, wer ist Herr Fridolin? Herr Fridolin, sagt Ambros, ist mein Auto. Dein Auto hat einen Namen?, frage ich. Ambros nickt und kramt in seiner Nachtkastenlade nach dem Schlüssel. Klar, sagt er und hält mir einen Schlüssel an einem Donald-Duck-Anhänger hin. Der

Schlüssel ist alt, ohne Fernbedienung. Ich nehme den Schlüssel und stecke ihn ein.

Warum hast du eigentlich ein Auto?, frage ich. Warum nicht, sagt er. Na ja, sage ich, du hast alles weggegeben, aber ein Auto hast du noch. Das ist etwas ganz anderes, sagt er, Herr Fridolin gehört zur Familie. Okay, sage ich, wo parkt denn deine Familie? Im zweiten Untergeschoß, sagt er, das Garagenticket ist im Handschuhfach.

27

Es klopft an der Türe. Ja bitte, sage ich, und bevor ich es ganz ausgesprochen habe, kommt Pomp herein und hinter ihm Ed, die die Türe wieder schließt. Guten Morgen, sagt Pomp, Visite.

Ich stehe auf und stelle mich zu Ed. Pomp klopft auf Kobiceks Bettgestell, wie man jemandem auf die Schulter klopft, und geht dann zu Ambros.

Herr Wegener, fragt Pomp, sind Sie bereit für die Lumbalpunktion? Ich wusste gar nicht, dass Ambros eine Punktion braucht. Warum sagt mir so was keiner?

Heute?, fragt Ambros, und Pomp nickt. Ich hoffe, er sagt jetzt nicht gleich, dass ich das machen soll und dass ich einer der Besten bin.

Wir haben ja schon besprochen, sagt Pomp, dass Hirnhautmetastasen schwer zu behandeln sind. Ambros nickt. Wir müssen, sagt Pomp, die Chemotherapie direkt in den Rückenmarkskanal spritzen. Wir stechen mit einer Nadel am Rücken ein und spritzen die Chemo. Passieren, sagt er, kann nicht viel, Blutung, Infektion, ganz selten eine Lähmung. Und Sie müssen nur nachher sechs Stunden liegen, sonst kriegen Sie Kopfschmerzen.

Ambros sagt, sechs Stunden liegen, verstanden, wann machen Sie das? Nach der Visite, sagt Pomp, unterschreiben Sie bitte solange den Zettel.

Kommst du mit?, sagt Pomp zu mir, wir gehen weiter Visite. Kein Wort von mir und dass ich die Punktion machen muss. Gott sei Dank.

28

Bei der Visite hat Herr Otto sein Publikum. Heute, sagt er, geht es mir gar nicht gut. Seit er weiß, dass er morgen nach Hause darf, geht es ihm schlecht. Die Luft, sagt er, ist knapp, der Rücken tut weh und das Herz schlägt seltsam. Hier drin, sagt er und deutet mit dem Zeigefinger auf seinen Brustkorb. Es schlägt so fest gegen die Rippen, als würde es gleich herausspringen. Was soll ich alleine zu Hause machen, Herr Doktor, was soll ich denn machen?

Pomp hat die Kurve auf dem Bettgestell abgelegt, hält sie mit einer Hand fest und sucht mit der anderen in der Brusttasche nach seinem Stift.

Herr Otto weiß genau, was er sagen muss. Er kennt die Reizwörter: Brustschmerz, Atemnot, schneller Herzschlag. Das sind Warnzeichen für mindestens drei, vier unangenehme und schwer zu diagnostizierende Krankheiten, allen voran die Lungenembolie. Das weiß er, und er setzt es ein, versucht, Zeit zu schinden, Pomp dazu zu bringen, ein paar Untersuchungen anzuordnen, damit er noch einen Tag oder zwei bleiben kann. Aber Pomp ist heute, glaube ich, wild zur Entlassung entschlossen.

So funktioniert das. Soziale Indikation, der bemüht sich mit allen Mitteln, dass er länger im Krankenhaus bleiben kann. Aber er war lange genug da, Pomp war schon entgegenkommend, und das Krankenhaus kann nicht alles kompensieren, was draußen nicht funktioniert. Also muss Herr Otto nach Hause gehen.

Morgen vor dem Mittagessen kommt die Rettung, sagt Pomp und Herr Otto sagt, das Herz, es schlägt so schnell. Morgen vor dem Mittagessen, sagt Ed und Herr Otto lässt die Schultern hängen. Darf ich noch hier mittagessen?, fragt er und Pomp sagt, ist gut, so machen wir das, und er klappt die Kurve zu.

So schnell gibt Herr Otto nicht auf. Er macht noch einen letzten Anlauf und sagt, meine Beine, meinen Beinen geht es nicht gut. Sollen meine Beine so geschwollen sein?

Pomp legt die Kurve auf den Tisch, kniet sich neben Herrn Otto nieder und drückt mit Daumen und Zeigefinger knapp oberhalb des Knöchels zusammen. Ich knie mich dazu und mache bei dem anderen Bein dasselbe. Es ist dürr, mit schlaffen Wadenmuskeln, und die Füße stecken in Lederpantoffeln. Aber kein Wasser, keine Ödeme. Die Beine sind wunderbar, sagt Pomp, morgen nach dem Mittagessen kommt die Rettung.

29

Es ist wirklich nicht appetitlich, Frau Follert beim Sprechen zuzusehen. Sie wischt sich nach jedem zweiten Wort mit einem Tuch über den Mund, um den Speichel aufzufangen, der heraustropft. Das heißt, sie macht in einem Satz viele Pausen, und ich muss mir immer wieder vorstellen, wie die Wunde unter dem Verband aussieht.

Dass sie keine Schmerzen hat. Schwer vorzustellen, dass ein Tumor, der ein Loch in die Wange macht, nicht wehtut. Wahrscheinlich deckt einfach das Schmerzpflaster alles zu und sie spürt deswegen nichts.

Sechs Kinder habe ich, sagt sie, und keines davon war auf Besuch. Stellen Sie sich das mal vor, sagt sie, da zieht man sechs Kinder groß und dann ist man todkrank und es besucht einen nicht mal eines davon. Das stimmt nicht. Ihr Sohn war erst gestern hier und die Tochter heute Vormittag. Frau Follert vergisst viel, seit sie das Schmerzpflaster hat. Sie schläft viel und röchelt durch die viele Spucke so laut, dass man es durch die Türe bis auf den Gang hört.

Aber wissen Sie, sagt sie, was hätte man machen sollen in den Siebzigern. So genau haben wir es nicht genommen, und dann war ich halt wieder schwanger. Und Abtreiben war damals verboten. Aber, sagt sie, wenn es das schon gegeben hätte, hätte ich sicher nicht alle sechs bekommen. Sicher nicht.

Und wissen das Ihre Kinder?, frage ich und sie sagt, natürlich wissen die das. Nur was sie nicht wissen, ist, welche von ihnen ich nicht bekomme hätte. Sie lacht.

Wenn Frau Follert lacht, klingt es, als würde man einem Schlafenden Wasser in den Mund schütten.

Macht es spannender, sagt sie, und hoffentlich rätseln sie, welches ich nicht bekommen hätte. Und, sage ich, welche wären das gewesen? Na ja, sagt sie, Ihnen kann ich es ja sagen. Kommt eh niemand zu Besuch und wenn ich dann tot bin, ist es egal, ob Sie es erzählen. Also?, frage ich. Alle, sagt sie, alle hätte ich abgetrieben. Außer die Gabi. Das wievielte Kind war die Gabi?, frage ich und sie sagt, das dritte. Das Problem ist, sagt sie, die Gabi ist die Schlimmste. Eine Furie, sagt sie, und dauernd den nächsten Mann. Stellen Sie sich das mal vor, sagt sie, da hätte ich alle abgetrieben, nur die Gabi, die undankbarste von allen, die hätte ich bekommen. Sie lacht wieder. Wenn sie noch einmal lacht, kotze ich ins Waschbecken. Ich bin eigentlich nur für eine Infusion gekommen, aber jetzt erzählt sie mir seit zehn Minuten solche Dinge.

Es tut mir leid, sage ich, ich muss dann weiter, die anderen Patienten warten. Das ist eine Lüge. Ich habe noch genau diese eine Infusion und dann ist für den restlichen Vormittag nur noch Ambros' Punktion geplant. Aber ich will nicht mehr bleiben. Macht nichts, sagt sie, danke fürs Zuhören. Gerne, sage ich.

Und wenn Sie eines meiner Kinder sehen, sagt sie, sagen Sie ihm, sie brauchen gar nicht mehr zu kommen.

30

Ed hat Ambros' Punktion vorbereitet. Hast du die Sedierung dabei?, fragt Pomp und Ed sagt, natürlich habe ich die Sedierung dabei.

Pomp klopft nicht an. Pomp klopft niemals an, wenn er ein Patientenzimmer betritt, weil er der Meinung ist, dass die Zimmer dem Krankenhaus und nicht den Patienten gehören und dass man also als Angestellter des Krankenhauses sicher nicht anklopfen muss, wenn man sie betritt.

Den toten Kobicek stört es nicht. Er bewegt sich nicht, nicht einmal seine Atmung verändert sich. Sie rasselt gleichmäßig dahin.

Ambros sitzt auf seinem Bett, mit dem Rücken zu uns, und sieht beim Fenster hinaus. Hallo, Herr Wegener, sagt Pomp und Ed schiebt hinter ihm den Wagen zum Bett. Sollen wir starten? Ambros dreht sich um und nickt. Wenn er sich freut, dass ich dabei bin, lässt er es sich nicht anmerken.

Bitte das T-Shirt ausziehen, sagt Ed und Ambros zieht das Shirt bis über den Bauchnabel hoch. Ganz ausziehen?, fragt er und Ed nickt. Muss das sein, sagt Ambros, die Punktion ist doch da unten. Er deutet mit der freien Hand auf seinen unteren Rücken. Ja, sagt Ed, bitte ganz ausziehen.

Ambros zieht sein T-Shirt aus. Zuerst schlüpft er aus dem linken Ärmel, dann aus dem rechten und zieht es langsam, uns mit dem Rücken zugewandt, über den Kopf.

Viel ist nicht mehr übrig von ihm. Wenn ich daran denke, wie er sich damals in Rom sein Shirt ausgezogen hat. Jetzt schält er sich heraus, und die Muskeln von früher sind fast ganz verschwunden. Aber auch wenn er nicht mehr wie früher ist, ist er immer noch schön.

Ed sagt, bitte setz dich an den Bettrand, dann stellt sie einen kleinen Holzschemel vor das Bett und sagt, Füße bitte hier drauf, und vorbeugen, einen schönen Katzenbuckel machen. Sie zieht ihm die Hose hinten ein Stück nach unten und Ambros zuckt zusammen. Man kann seine Arschritze sehen. Wenn er das wüsste. Wenn er wüsste, dass alle seine Arschritze sehen können. Auch der tote Kobicek. Also, falls er die Augen noch aufmachen würde.

Ich hoffe, er macht nicht gerade jetzt die Augen auf. Weil wenn er noch einmal in seinem Leben die Augen öffnet, und alles, was er sieht, ist eine Arschritze, das wäre traurig.

Ed schüttet das Desinfektionsmittel in die blaue Plastikschale mit den Kugeltupfern, öffnet die Verpackung der Nadel und legt die Proberöhrchen zurecht.

Als Kind habe ich bei den Impfungen immer geglaubt, dass es nicht das Desinfektionsmittel ist, das so riecht, sondern die Spritze selbst. Es war immer seltsam, mir vorzustellen, dass jemand mir ein Mittel mit diesem Geruch spritzen will.

Kannst du ihn festhalten?, sagt Ed zu mir, damit er nicht zuckt? Ich zucke sicher nicht, sagt Ambros und Ed sagt, nur zur Sicherheit. Außerdem, sagt sie, kriegst du eine Sedierung, und du sollst ja nicht vom Bett fallen, wenn du einschläfst. Ed sagt zu mir, stell dich ganz nah vor ihn, und halt ihn gut fest. Sie gibt Pomp die Spritze mit der Sedierung. Pomp spritzt sie langsam, über eine halbe Minute, und bevor er ganz fertig ist, sinkt Ambros mit dem Kopf nach vorne auf meine Brust. Alles okay?, fragt Pomp und ich sage, alles okay. Halt dich an mir fest, sage ich zu Ambros, dann kann dir nichts passieren. Er legt seine Arme um meinen Hals. Er schläft im Sitzen, an mich gelehnt, mit gerade genug Muskelspannung, dass er nicht umfällt.

Pomp tastet die Stelle, macht mit dem Fingernagel eine kleine Kerbe in die Haut, wo er stechen will, und trägt mit den Kugeltupfern das Desinfektionsmittel auf. Mein Rücken tut weh, weil ich in die Knie gehen muss, damit ich Ambros gut halten kann.

Ich habe ihn lang nicht so nahe gehabt. Es ist ein gutes Gefühl. Meine Hände um seinen Brustkorb bewegen sich mit seiner Atmung. Sie ist ganz ruhig.

Pomp nimmt die Nadel und sticht. Ich kann über Ambros' Kopf hinweg zur Einstichstelle sehen. Seine Haare kitzeln meine Nase.

Ambros bewegt sich nicht, als Pomp sticht. Pomp zieht die Nadel etwas zurück, sticht nochmals tiefer, Ambros zuckt kurz, dann ist Pomp drin und die Rückenmarksflüssigkeit tropft hinten aus der Nadel. Es ist eine wasserklare Flüssigkeit. Ed schraubt die Deckel von den Proberöhrchen und Pomp fängt die Tropfen mit den Röhrchen auf, bis alle voll sind.

So, Herr Wegener, sagt er, jetzt kommt die Chemotherapie. Pomp greift nach der Spritze und ein wenig Rückenmarksflüssigkeit tropft auf Ambros' Bettlaken.

Pomp steckt die Spritze auf die Nadel. Es ist Methotrexat, eine konzentrierte Chemotherapie in zwei Millilitern gelber Lösung. Wenn man sie dort unten zum Rückenmark spritzt, verteilt sie sich und geht direkt ins Gehirn. Ich habe das noch nie gesehen, und es ist ein seltsames Gefühl.

Pomp spritzt eine kleine Menge und zieht dann den Spritzenkolben wieder zurück. Die gelbe Chemotherapie vermischt sich mit Rückenmarksflüssigkeit und wird blassgelb, dann spritzt er wieder eine kleine Menge, zieht wieder zurück, und so weiter, bis die ganze Chemotherapie verabreicht ist.

Ambros bewegt sich nicht. Er atmet ruhig und ich lege meine Wange an seinen Kopf, bis es vorbei ist.

Am Ende klebt Ed einen dicken Verband auf die Stelle und wir legen Ambros zu zweit ins Bett. Pomp und Ed gehen hinaus, und ich decke Ambros zu. Ich stopfe die Decke auf beiden Seiten ein bisschen unter seinen Körper, wie er es am liebsten mag.

31

Adelheid hat jetzt einen Freund. Er hat noch keinen Namen. Eine Nummer, aber noch keinen Namen. 2002/17/03. Das ist aber ein bisschen sperrig, wenn man es aussprechen muss, also braucht er einen Namen. Adelheid ist 2002/17/02. 2002/17/01 hatte einen Herzfehler, wurde aus der Studie ausgeschieden und ist in der Tierkörperverwertung.

Pomp wäre ein guter Name, sagt Ed. Sie bringt die EKG-Elektroden auf dem Brustkorb an. Also gut, sage ich, Schweinchen Pomp, dann lass uns mal den Katheter legen.

Schweinchen Pomp soll morgen defibrilliert werden, das heißt, wir haben heute Vormittag die Vorbereitungen, Narkose, Monitoring, das Planschbecken. Im Studienprotokoll heißt es Feuchtkammer, nicht Planschbecken, aber im Studienprotokoll steht auch nichts davon, dass wir den Schweinen Namen geben sollen.

Vielleicht können Adelheid und Schweinchen Pomp dann gemeinsam träumen, sage ich. Ich glaube nicht, dass Schweine in Narkose träumen, sagt Ed.

Schweine träumen schon, glaube ich. Wir narkotisieren sie mit Propofol. Das macht als Nebenwirkung manchmal Sexträume. Das sind dann die Leute, die in der Zeitung erzählen, der Chirurg hätte sie am OP-Tisch gefickt. Die hatten alle Propofol. Ich stelle mir das ja angenehm vor. Ich meine, wenn man schon eine Narkose braucht, warum dann nicht einen guten Traum haben?

Das Schwein träumt also, ich drehe am Rädchen und das Herz steht still. Fünf bis sieben Sekunden dauert es, bis kein Blut mehr im Gehirn ankommt und das Bewusstsein erlischt. Da fickt das Schwein im Traum munter herum und dann ist es aus. Wie ein Stromausfall an der besten Stelle im Porno. Alles vorbei.

Schweinchen Pomp ist sichtlich gestresst, die Herzfrequenz ist viel zu hoch und der Beatmungsdruck auch. Ich erhöhe ein bisschen die Dosis der Schlafmittel und es beruhigt sich. Das wäre gut auf der Station, sagt Ed, einfach alle narkotisieren bis zur Entlassung, Herrn Otto, Frau Follert, alle, einfach in Narkose, wie die Schweine.

Ich lache. Ed, sage ich, es tut mir leid wegen dem Stauschlauch. Kein Problem, sagt sie, hast es ja nicht wissen können. Trotzdem, sage ich, ich würde dir gerne einen neuen kaufen. Musst du nicht, sagt sie. Doch, sage ich, wenn du willst, fahren wir morgen früh nach dem Dienst irgendwohin und ich kaufe dir einen. Okay, sagt sie, danke, aber den Delphinstauschlauch gibt es nicht mehr zu kaufen. Wir finden sicher ein neues Tier, sage ich, vielleicht ein Schwein, und sie lacht und sagt, vielleicht ein Schwein.

Adelheids Monitor piepst. Ihr Blutdruck ist zu niedrig, aber wir können nicht mehr viel machen. Geht ihr nicht gut, sagt Ed, wenn sie nochmal flimmert, dann war es das.

Wir haben Anweisung, dass wir Adelheid nicht mehr reanimieren sollen. Ich habe sie aber, bevor Ed gekommen ist, zweimal heimlich defibrilliert. Kurz die EKG-Elektroden ausgesteckt und mit dem Notfallgerät defibrilliert, das ist nicht im Netzwerk und deshalb nicht protokolliert. Ich will nicht, dass Adelheid jetzt stirbt. Nicht jetzt, wo sie einen neuen Freund hat.

32

Herr Fridolin ist nicht leicht zu finden. Am Schlüssel ist kein Knopf, keine Fernbedienung. Ich kann also nicht einfach die Reihen entlanggehen und auf den Knopf drücken, in der Hoffnung, dass dann ein Auto blinkt. Viele Autos gibt es nicht, die alt genug aussehen, und die, die wir finden, haben die falsche Marke. Herr Fridolin muss ein Mazda sein. Das Logo ist auf dem Plastik eingeprägt und ist so abgewetzt, dass man es kaum noch spürt, wenn man mit dem Finger drüberstreicht.

Wo steht das Auto?, fragt Ed. Keine Ahnung, sage ich, ich habe es nicht abgestellt. Wie, du hast es nicht abgestellt, ist es nicht deins?, fragt Ed. Es gehört Ambros, sage ich, er borgt es mir. Weißt du wenigstens, welche Farbe es hat?, fragt sie und ich sage, nein, ich weiß nur, dass es ein Mazda ist und dass es in diesem Stockwerk steht.

Wir gehen die Garage ab, Reihe für Reihe. Wir finden einen roten Mazda, aber der Schlüssel passt nicht. Es gibt sicher Überwachungskameras in der Krankenhausgarage. Ich hoffe, dass niemand vor dem Bildschirm sitzt und uns beobachtet.

Ganz hinten finden wir einen weißen Mazda vor einem vergitterten Fenster.

Er ist alt, bestimmt aus den Achtzigerjahren, und ziemlich schmutzig. Auf einem großen Sticker hinten am Kofferraum steht tatsächlich: „Herr Fridolin“.

Ich schließe auf und wir steigen ein. Im Kassettenrekorder in der Mittelkonsole steckt eine Kassette mit einem Kabel dran. Das Kabel passt in eine Kopfhörerbuchse und am anderen Ende hängt ein alter Discman. Ich klappe ihn auf und schaue hinein. Smashing Pumpkins, wie cool ist das denn.

Was ist das?, fragt Ed. Die Musik?, frage ich und sie nickt. Smashing Pumpkins, sage ich, kennst du die nicht? Nein, sagt sie. Wie kann sie die nicht kennen? Mellon Collie and the Infinite Sadness ist ja wohl eines der besten Alben überhaupt. Ich schalte den Discman ein, schiebe die Kassette in den Rekorder und schalte auf Lied sechs.

Bei der ersten Stelle, an der Billy Corgan „Despite all my rage“ singt, sind wir beim Kassenautomaten. Ich steige aus und bezahle. Achtzehn Euro will der Automat haben. Ambros ist auch gut. Fährt mit dem Auto vor drei Tagen ins Krankenhaus und lässt mich dann das Parken bezahlen. Aber okay, ich wohne in seiner Wohnung, ich sollte mich nicht beschweren.

Ed will zu einem Bandagisten in der Stadt, bei dem es Stauschläuche mit Tierköpfen gibt. Ein großer Parkplatz ist auch dort, hat sie gesagt.

Der große Parkplatz besteht aus drei Standplätzen im Hof und ist voll. Wir parken quer vor den anderen Autos und ich hinterlasse einen Zettel mit meiner Telefonnummer auf der Windschutzscheibe.

In der Auslage steht eine Gehhilfe für Senioren. Schau mal, sage ich, die Gehhilfe heißt Pantera. Na und, sagt Ed. Das ist echt lustig, sage ich und sie fragt, warum soll das lustig sein? Ich öffne die Türe und gehe hinein. Das ist eine Metal-Band, sage ich, kennst du die nicht? Cemetery Gates? 13 Steps to Nowhere? Nie gehört, sagt Ed.

Im Geschäft sind keine Stauschläuche zu sehen. Sollen wir dort hinten nachschauen?, sage ich und Ed sagt, ich brauch auch was, geht ganz schnell.

Sie geht los ohne zu warten, ob ich mitkomme, und steuert auf ein Regal gleich links vom Eingang zu. Im Regal hängen in Plastikverpackungen verschiedene aufblasbare, ringförmige Kissen. Was ist das?, frage ich. Hämorrhoidenkissen, sagt Ed. Noch während sie das sagt, bereue ich die Frage. Seit meiner Operation habe ich ständig Verstopfung, sagt sie, habe ich das noch nie erzählt? Ich schüttle den Kopf. Ich bin also ständig verstopft, sagt sie, und dann muss ich natürlich immer fest drücken beim Kacken und jetzt habe ich Hämorrhoiden. Ich sehe mich um, aber offenbar hat uns niemand gehört. Na jedenfalls sind das richtig dicke blaue Knoten, sagt Ed, sehr schmerzhaft. Ich habe ein Foto gemacht. Wie bitte, sage ich und sie fragt, soll ich es dir zeigen? Spinnst du, sage ich.

Sie drückt mir ein rotes Kissen in die Hand und fragt, glaubst du, das ist bequem? Ich nicke. Du hast nicht mal hingesehen, sagt sie und ich sage, sicher habe ich hingesehen. Sie sagt, du nimmst das nicht ernst. Ich sage, sicher nehme ich das ernst. Gut, sagt sie und kramt in ihrer Handtasche, dann zeige ich dir jetzt das Foto.

Na gut, sage ich. Dann muss ich mir das Foto halt ansehen. Aber warum sie jetzt mit so was anfängt, keine Ahnung. Ist auch sonst nicht ihre Art. Sie greift in die Handtasche und holt ihre leere Hand wieder hervor.

Ha, sagt sie, hast es wirklich geglaubt. Das war nicht witzig, sage ich und sie sagt, doch, und das hast du dir auch verdient.

Hat sie mich drangekriegt. Aber bei Ed weiß man trotzdem nie. Und was, wenn sie das wirklich ernst gemeint hätte und ich hätte sie ausgelacht? Dann gute Nacht. Also, frage ich, sollen wir die Stauschläuche suchen? Ed sagt, komm, ich weiß, wo sie sind.

Wir kaufen einen Stauschlauch mit einem Einhornkopf als Verschluss und Ed strahlt. Klick, macht sie im Auto, klick klick. Lass das, sage ich, du wirst ihn ruinieren, bevor du wieder im Krankenhaus bist. Klick, macht der Verschluss wieder, klick klick.

Ich bringe Ed nach Hause und fahre dann in die Wohnung. Mit dem Kaffee und dem neuen Stauschlauch sollte es jetzt erledigt sein. Ed hat jedenfalls nicht mehr beleidigt gewirkt. Hoffe ich jedenfalls. Dann werden die nächsten Wochen vielleicht doch okay.

33

Ich schlafe bis Mittag auf der Couch in Ambros' Wohnung. Die Nacht war richtig beschissen. Zum Glück habe ich heute frei und muss erst morgen wieder ins Krankenhaus. Wie ich es nach dem Studium schaffen soll, nach so einer Nacht bis zum Nachmittag weiterzuarbeiten, weiß ich nicht.

Zumindest ist die Sache mit Ed erledigt. Sie hat ihren Einhornstauschlauch und ich meine Ruhe. Ich hoffe, mir passiert so etwas nicht noch einmal. Weil einen Streit mit den Schwestern brauche ich echt nicht, zumindest nicht in einem Praktikum von vier Wochen.

Ich stehe auf. Mir ist schwindlig und ich habe Durst. Ich trinke ein Glas Wasser und fülle dann Wasser und Kaffee in die Espressokanne.

Schön war es mit Ambros. Okay, es war eine Lumbalpunktion und für ihn sicher kein Spaß, aber schön war es trotzdem. Es ist lange her, dass ich ihn so nahe hatte, und es war richtig gut. Nur die Chemotherapie ins Rückenmark, das war schon hart.

Ich stelle die Espressokanne auf den Herd und schalte ihn ein.

Ich muss den Rucksack suchen. Wenn ich ihn jetzt nicht gleich suche, vergesse ich den sicher. Und ich sollte Ambros wirklich seine Fotos bringen.

Im Wohnzimmer ist er nicht, und auch im Vorzimmer nicht. Also muss ich im Kinderzimmer suchen. Es ist mir unangenehm, ins Kinderzimmer zu gehen, in dieses Neunzigerjahre-Museum.

Ich finde den Rucksack am Fußende des Betts. Es ist ein alter Eastpak, aus derselben Zeit wie der Rest des Zimmers.

Der Kaffee in der Kanne brodelt. Ich gehe in die Küche und nehme sie vom Herd, dann setze ich mich mit dem Kaffee und dem Rucksack auf die Couch.

Ganz oben im Rucksack ist ein Kapuzenpullover, der nach Ambros riecht. Obwohl es in der Wohnung warm ist, ziehe ich den Pullover an. Es tut gut, Ambros' Geruch hierzuhaben.

Ich gehe zum Plattenspieler und blättere mit dem Finger durch die Platten daneben. Ich lege die Nirvana-Platte auf den Plattenteller und schalte ein.

Ich kann die Fotos jetzt sowieso nicht einfach so im Rucksack lassen und auf morgen warten. Ich muss sie ansehen, und wenn ich den Pullover trage, ist es zumindest ein bisschen so, als wäre Ambros bei mir.

Im Rucksack sind sonst nur zwei Dinge: eine alte Polaroidkamera und eine Schachtel mit den Fotos. Die Kamera lasse ich im Rucksack und nehme die Schachtel heraus.

Es sind Porträts. Es sind Porträts von drei Menschen, von denen ich keinen kenne. Alle drei tragen Krankenhauskleidung. Im Hintergrund kann man die Station erkennen, das Bett, eine Schwester.

Ein Foto zeigt eine junge Frau mit riesigen Augen und einem Kopftuch. Aus ihrem Hals kommt ein Infusionszugang. Das zweite Foto zeigt einen alten

Mann, der mit geschlossenen Augen lächelt. Er sieht zerknittert aus. Auf dem letzten Foto ist ein jüngerer Mann mit quietschgelber Haut und aufgesprungenen Lippen.

Warum fotografiert er andere Patienten? Und was hat das mit den Fotos von seinen eigenen Sachen zu tun? Keine Ahnung. Ich muss ihn morgen fragen. Ich packe die Fotos wieder in die Schachtel und die Schachtel in den Rucksack.

Ich trinke meinen Kaffee und lege die Beine auf den Tisch. Morgen früh gehe ich wieder ins Krankenhaus.

34

Das Cola aus dem Gasthaus, sagt Ambros, trinke ich nicht. Er will einen Supermarkt suchen, obwohl wir gleich beim Gasthaus wären. Meine Oberschenkel tun vom Radfahren weh und ich sage, ernsthaft? Ambros stellt sein Rad ab und sagt, im Gasthaus haben sie kein echtes Cola, sicher nur Verdünnsirup, und ich trinke keinen Verdünnsirup. Ich frage mal, wo ein Supermarkt ist, sagt er und verschwindet in der Bank gegenüber. Der Ort ist winzig und genauso trostlos wie die meisten davor, durch die wir auf der Radtour gekommen sind. An der Hauptstraße stehen einstöckige Häuser, die aussehen, als hätten sie sich in den Straßengraben geduckt.

Mein Hintern tut weh, aber ich will nicht aufstehen, weil wenn ich jetzt aus dem Sattel aufstehe und es kommt wieder Blut in meinen Hintern, dann tut er umso mehr weh, wenn ich mich wieder hinsetze. Ich bleibe also sitzen und warte, bis Ambros aus der Bank kommt.

Er kommt heraus und sagt, gute Nachrichten, es gibt im Nachbarort einen Supermarkt. Wie weit ist das, sage ich, ich will ins Gasthaus. Ich kann auch alleine fahren, wenn du schon zu schwach bist, sagt er und steigt auf sein Rad.

Den ganzen Tag geht das schon so. Ich will etwas nicht machen, das er machen will, und dann fragt er mich, ob ich zu schwach bin.

Natürlich bin ich nicht zu schwach, sage ich und stelle den Fuß auf das Pedal, wie weit?

Drei Kilometer, sagt Ambros und fährt los. Es ist kalt und der Nieselregen tut im Gesicht weh, wenn ich schnell fahre. Ambros macht das nichts aus. Ambros hat eine Sturmhaube.

Der Supermarkt ist sehr klein. Ich warte draußen, sage ich. Ambros stellt sein Rad ab und geht ins Geschäft. Es ist ein Rennrad, ziemlich teuer und mit Aluminiumrahmen. Es gehört nicht ihm, er hat es nur ausgeborgt für das Wochenende. Ich fahre mit dem alten Citybike, was grundsätzlich schon unfair ist auf der Straßenstrecke. Außerdem hat er einundzwanzig Gänge und ich nur sieben. Schon deshalb kann ich nicht mithalten, wenn er bei jeder Steigung schalten kann und ich wie ein Blöder trete und nicht vom Fleck komme.

Ambros kommt mit einer kleinen Tragetasche mit Coladosen zurück. Dosen, frage ich, warum Dosen? Schmeckt besser, sagt Ambros und hängt die Tasche auf seinen Lenker. Als er losfährt, schlackert sie gegen die Speichen. Kannst du?, fragt er, mit dem Rennrad geht das nicht. Wir fahren also, er mit dem Rennrad vorneweg und ich mit dem Citybike und der Tasche auf dem Lenker, hintereinander zurück ins Dorf.

Unser Dorf besteht aus dieser einzigen Häuserzeile, der Bank und einem Gasthaus. Die Aufschrift „Fremdenzimmer“ ist in einer Schrift gesetzt, die aussieht, als stünde sie seit den Siebzigern dort. Serifen, sagt Ambros, sie hätten eine Schrift mit Serifen verwenden sollen. Ambros kennt sich da aus. Er hat schon selbst Homepages programmiert, eine für die Schule, eine für sich selbst und eine für eine Müllentsorgungsfirma, die eine Homepage wollte, weil man heutzutage als Firma eine Homepage braucht.

Das Gasthaus hat sicher keine Homepage. Und die Speisekarte sehe ich schon vor mir: Cordon, Schnitzel, Schweinsbraten, Beilagen, Mohr im Hemd.

Gut, dass ich schon seit zwei Jahren kein Vegetarier mehr bin, weil hier würde ich verhungern.

Wir fahren auf den Parkplatz. Ich stelle mein Rad an einem Verkehrsschild ab und kette es an. Ambros schiebt sein Rennrad auf die Eingangstüre zu. Was machst du?, frage ich und er sagt, das Rad muss mit.

Warum muss das Rad mit?, frage ich und er sagt, ich kann nicht ein Zehntausend-Schilling-Rad im Hof stehen lassen, das ist sofort weg. Ich glaube nicht, sage ich, dass hier heute überhaupt noch jemand vorbeikommt, geschweige denn jemand, der dein Rad stehlen würde. Aber er lässt sich nicht abbringen. Das Rad muss mit.

Also betreten wir den Gasthof, ich mit der Tasche und er mit seinem Rennrad. Ambros hat alles vorreserviert, die ganze Radtour, alle Nächte. Spontan irgendwohin zu fahren, liegt ihm nicht. Wir müssen also jeden Tag unsere Kilometerleistung bringen, komme, was wolle.

Der Wirt zeigt uns das Zimmer und ich lasse mich sofort auf das Bett fallen. Ich habe Hunger, sagt Ambros, lass uns was essen gehen. Hier im Gasthaus?, frage ich und er sagt, hast du noch eine andere Gelegenheit gesehen?

Wir duschen uns und werfen das Radgewand in die Ecke. Wir haben jeder ein T-Shirt für die Abende mit, das wir jeden Morgen waschen und untertags über die Rucksäcke gespannt trocknen lassen.

Ambros nimmt zwei Dosen Cola mit zum Essen. Was soll das, frage ich, du wirst doch nicht die Dosen im Gastraum trinken. Warum nicht?, sagt er und ich sage, wirst ja sehen, was der Wirt dazu sagt.

Der Wirt ist nicht begeistert. Keine mitgebrachten Dinge konsumieren, sagt er, und Ambros sagt, ich möchte aber meine Dosen trinken, ich bezahle auch ein Cola, wenn das okay für Sie ist, ein Cola für jede Coladose. Der Wirt ist zufrieden und ich bestelle ein kleines Bier.

Die Speisekarten sind in Leder eingeschlagen und die einzelnen Seiten stecken in Klarsichtfolien. Comic, sagt Ambros. Wie bitte, sage ich und er sagt, sieh dir die Schriftart an, Comic Sans. Niemand, der Ahnung hat, setzt irgendwas in Comic Sans.

Ich sage nichts, weil ich Hunger habe und mir nicht einen halbstündigen Vortrag über Schriftarten anhören will. Ich lege meine Hand auf seine Hand und drücke sie. Ist gut, sage ich und stecke meine Nase in die Speisekarte. Vorspeisen: Blunznradl, Frittatensuppe, Leberschädel. Hauptspeisen: Schnitzel (Schwein, Pute), Herrengulasch mit Spiegelei und Gurkerl, Schweinsbraten, Surbraten, und für die Kinder der Micky-Maus-Teller mit Schnitzel oder der Pluto-Teller mit Bernerwürstel.

Der Wirt nimmt unsere Bestellung auf und zum Glück beginnt Ambros keine Diskussion über Schriftarten, sondern verschont mich und den Wirt und bestellt ein Schnitzel. Pute, mit Reis, ohne Preiselbeeren. Ich bestelle das Herrengulasch.

Gemischten Salat gibt es bei beiden Hauptspeisen und ein zweiter Kellner bringt je eine Glasschüssel mit gezacktem Rand. Darin schwimmen Gurken in einer Rahmsoße, Fisolen, Bohnen, Kartoffelsalat. Die Kartoffeln sind halb roh.

Ambros nimmt seine Coladose. Er klopft dreimal mit dem Finger auf die Dose, einmal links vom Verschluss, einmal rechts und einmal in der Mitte direkt auf den Verschluss. Dann öffnet er die Dose und nimmt einen großen Schluck.

Ich sage, mir tut alles weh. Ich kann dich ja noch massieren, sagt er. Wo tut es weh? Überall, sage ich. Dann massiere ich dich überall, sagt er. Wirklich überall?, frage ich und er nickt.

Unser Zimmer liegt im ersten Stock, mit Blick direkt auf den Dorfplatz.

Ambros zieht sich hinter mir aus. Ich drehe mich um. Ambros, sage ich. Er nimmt die Socken, die er auf das Bett gelegt hat, wieder in die Hand und sieht mich an. Wie er dasteht, nackt, mit den Socken in der Hand. Ich ziehe mein T-Shirt aus und lege die Arme um seinen Hals. Ich bin ein bisschen größer als er und er legt seinen Kopf an meine Brust. Ich rieche an seinen Haaren. Ich mag sein Shampoo. Er hebt den Kopf und küsst meinen Hals, meine Wange, meinen Mund.

Ich streiche mit der Hand seinen Rücken entlang. Er schwitzt ein bisschen und ich spüre, wie sich seine Muskeln anspannen, als er mich umarmt.

Ich bewege meine Hand weiter nach unten, seinen Hintern entlang und lasse sie für zwei, drei Küsse dort liegen. Ich drücke Ambros auf das Bett.

Ich lege mich neben ihn ohne aufzuhören, ihn zu küssen. Ich stecke meine Hand in seine Hose. Sein Schwanz ist schlaff. Er schiebt das Becken zurück, will ihn von meiner Hand wegschieben. Ich greife tiefer in seine Hose und massiere seinen Schwanz.

Ambros fasst meinen Unterarm und zieht meine Hand aus der Hose. Er lässt sich aufs Bett fallen, und sagt, tut mir leid, und schließt die Augen. Ich gehe ins Badezimmer und hole mir einen runter.

35

Herr Otto ist nicht nach Hause gegangen. Nicht einmal sein Mittagessen hat er geschafft und die Rettung haben sie auch nicht mehr angerufen. Herr Otto ist in der Nacht gestorben. Ed hat ihn bei der Morgenrunde tot im Bett gefunden, da war er schon kalt.

Dead in bed, hat Pomp gesagt, und dass Herrn Otto was Besseres gar nicht passieren hätte können. Ich soll zur Obduktion gehen, weil Pomp keine Zeit hat und Obduktionen sowieso sinnlos findet.

Ich war schon ewig nicht mehr auf einer Pathologie, das letzte Mal im Praktikum vor Jahren, und das war in einem anderen Krankenhaus.

Ich läute an der Türe der Prosektur. Eine Frau öffnet. Sie ist sehr klein und trägt rote Gummistiefel. Hallo, sagt sie, ich bin Anna. Ich gebe ihr die Hand.

Benjamin, sage ich, ich bin Student. Anna ist schon im nächsten Raum verschwunden. Sie steht vor einem Tisch, auf dem nebeneinander acht weiße Zettel liegen. Also, sagt sie, zu wem kommst du? Grawöger, sage ich und sie sagt, oje, Onkologie.

Sie nimmt Herrn Ottos Zettel. Lass den Mantel da an der Garderobe, sagt sie, und zieh dir Stiefel an. Ich hänge den weißen Mantel an einen Haken neben der Türe und ziehe meine Schuhe aus.

Es gibt vier Paar Gummistiefel, alle zu klein, und ich entscheide mich für ein grünes Paar. Ich muss meine Zehen einrollen, damit ich hineinpasse.

Im Sezierraum geht man auf einem Metallgitter einen Zentimeter über den Fliesen.

Den Geruch habe ich ganz vergessen. Es ist nicht derselbe wie im Anatomiesaal mit seinen feuchten Leichen und Formalinbottichen. Hier ist ein frischerer Geruch nach rohem Fleisch, Urin und ein bisschen Stuhl.

Auf zwei Metalltischen liegt je eine Leiche. Auf dem ersten Tisch liegt eine sehr alte Frau, schon geöffnet. Neben ihr liegt ihr abgeschnittener Harnkatheter. Auf dem zweiten Tisch liegt Herr Otto. Unten am Körper, wo er auf dem Metalltisch aufliegt, kann man Leichenflecken sehen. Willst du?, sagt Anna und hält mir ein Messer hin. Ich schüttle den Kopf. Es macht mir grundsätzlich nichts aus, aber ich habe das noch nie bei jemandem gemacht, den ich vorher gekannt habe.

Anna zuckt mit den Schultern und schneidet den Hals von vorne bis an die Wirbelsäule durch. Das mit dem Hals ist immer ein unguter Moment. Die Messer sind groß und sehen eher nach Küchenmesser aus als nach Skalpell. An der Anatomie arbeitet man mit Pinzette und Skalpell und stundenlang auf ein paar Quadratzentimetern. Dann diese Küchenmesser an der Pathologie, das ist schon ein Kontrast.

Sie drückt das Messer durch die Rippenknorpel und hebt das Brustbein heraus. Dann steckt sie den Mittelfinger in die Luftröhre und arbeitet sich mit dem Messer nach unten vor.

Die Organe werden in Paketen entnommen, ein Brustkorbpaket und ein Bauchpaket. Erst dann kommt der Pathologe. Anna legt das Brustkorbpaket auf den Tisch und schöpft eine trübe, rötliche Flüssigkeit aus dem Brustkorb in einen Messbecher. Ein halber Liter, sagt sie und ich sage, eineinhalb Liter haben wir abpunktiert.

Was hat er gehabt?, fragt sie und ich sage Lungenkrebs. Und Demenz. Na ja, sagt sie und nimmt eine kleine Rundsäge in die Hand, brauchen wir das Hirn auch? Glaube ich nicht, sage ich, Metastasen waren nicht bekannt. Sie legt die Säge zur Seite und sagt, na immerhin.

Der Pathologe kommt ein paar Minuten später. Er ist ein freundlicher Mann und freut sich, dass ein Student gekommen ist. Er zeigt mir die Organe, eins nach dem anderen, und dann die Gefäße, die Atherosklerose, die Metastasen, die Gallenblase, alles, und aus der rechten Lungenarterie zieht er das lange, glänzende Blutgerinnsel, an dem Herr Otto gestorben ist. Lungenembolie, sagt er, schwer zu diagnostizieren. Ist aber sicher schnell gegangen, sagt er, und gespürt hat er wahrscheinlich nichts.

Er entnimmt kleine Scheibchen an verschiedenen Stellen und legt sie in Plastikschachteln. Ich helfe beschriften und die Organe in den Bauch zurücklegen und am Ende stopft Anna noch Zeitungspapier in den Brustkorb, damit keine Flüssigkeit durch die Naht austritt. Sie näht den Bauch und Brustkorb mit dickem Spagat zu.

36

Pomp war die ganze Nachmittagsvisite schlecht gelaunt und hat mit Ed gestritten. Wir stehen im Patientencafé und er bestellt ein Eis, Vanille und Schokolade, jeweils eine Kugel. Andere Sorten gibt es nicht. Du auch?, fragt er und ich sage, nein danke. Pomp isst wirklich ständig. Entweder kommt er vom Essen, isst gerade, oder er ist auf dem Weg zum Essen. Erstaunlich, dass er so aussieht, wie er aussieht, bei den Mengen an Futter.

Komm, sagt er, ich brauche frische Luft. Wir gehen aus dem Café zum Lift. Pomp holt seinen Schlüsselbund aus dem Mantel. Er sucht einen Schlüssel, der mit blauem Klebeband markiert ist, und steckt ihn in das Schlüsselloch für die Bettentransporte. Der Lift kommt sofort.

Was ist das für ein Schlüssel?, frage ich. Universalschlüssel, sagt Pomp, sperrt alles im Krankenhaus. Woher hast du den?, frage ich. Mein Geheimnis, sagt Pomp, und gute Kontakte zur Haustechnik. Er zwinkert und steckt den Schlüssel wieder ein. Wir fahren ins Erdgeschoß und gehen raus auf die Raucherterrasse.

Ich werde nicht alt als Onkologe, sagt Pomp. Wie meinst du das?, frage ich, und er schleckt einmal am Oberrand der Tüte rund um das Eis und sagt, im Krankenhaus wird es immer schlimmer. Sieh dir die Jungen an, sagt er, sieh sie dir an. Wenn das die Generation ist, die im Krankenhaus nachkommt, dann gute Nacht.

Ich bin auch in der nächsten Generation, aber ich laufe bei Pomp offenbar außer Konkurrenz. Arg, sage ich. Ja, sagt er, und weißt du, was das Schlimmste ist? Die versorgen uns alle einmal, wenn wir alt sind. Das Schokoladeeis rinnt auf seinen Finger. Er schleckt es ab, dann wischt er den Finger in den Mantel.

Vielleicht eine eigene Praxis als Internist, sagt er. Ich kann mir Pomp nicht in einer Praxis vorstellen. Als Onkologe kann man keine Praxis machen, jedenfalls nicht bei uns, aber als Allgemeininternist kann ich mir Pomp wirklich nicht vorstellen. Wahrscheinlich, weil es mich selbst nicht interessiert. Den ganzen Tag Bluthochdruck einstellen, oder, noch schlimmer, Diabetiker behandeln, die sich ihr Rezept holen und sich bei jeder Kontrolle wundern, dass ihre Werte nicht besser werden, obwohl sie die ganze Zeit nur Obst fressen.

Oder ich gehe auf die Palliativ, sagt er, aber das ist erst wieder ein Krankenhausjob und langweilig außerdem. Was willst du eigentlich mal machen nach dem Studium?, fragt er. Bevor ich antworten kann, läutet sein Piepser.

Pomp hebt ab, hört kurz zu, sagt, aha, und legt wieder auf. Dein Freund Wegener, sagt er, hatte gerade einen Krampfanfall.

37

Ed steht neben dem Bett. Ambros liegt da und hat die Augen geschlossen.

Pomp sagt, und dafür bin ich gelaufen? Ed sagt, halt die Klappe, er hat wirklich gekrampft. Sie zeigt auf den Zugang an Ambros' Arm. Eine Spritze steckt noch daran. Hab ihm was gespritzt, sagt sie.

Er sieht tot aus. Er sieht wirklich tot aus, fast wie der tote Kobicek, wie er daliegt, mit offenem Mund. Ich schaue auf Ambros' Decke, zwanzig Sekunden, dreißig, und irgendwann kann ich erkennen, wie sie sich hebt und senkt. Gut, er lebt noch.

Pomp wirkt nicht gestresst. Aber er ist gelaufen. Direkt von der Raucherterrasse weg übers Stiegenhaus, hat nicht mal auf den Lift gewartet. Aber jetzt ist bei ihm der Stress draußen. Bei mir nicht. Mein Herz klopft wie wild und ich weiß nicht, was ich tun soll, also ziehe ich Latexhandschuhe an, stelle mich ganz hinten an die Wand und beobachte weiter Ambros' Atmung.

Zucker ist hundertvierunddreißig, sagt Ed, Blutdruck haben wir noch nicht gemessen. Pomp geht zu Ambros, schüttelt ihn an der Schulter und schreit ihm ins Ohr, Herr Wegener, hören Sie mich? Ambros öffnet die Augen, wischt mit den Händen vor seinem Gesicht herum und stöhnt. Gut, sagt Pomp, machen wir eine CT.

Ed sagt zu Pomp, bringst du ihn zur CT?, und Pomp sagt, das soll Benjamin machen. Ed drückt mir eine volle Spritze in die Hand. Falls er nochmal krampft, sagt sie. Ich warte eine Viertelstunde neben dem Bett, bis der Krankenfahrer kommt.

Auf dem Weg wacht Ambros auf. Wir stehen vor dem Lift und der Krankenfahrer schreibt eine SMS auf seinem Handy.

Ich habe geträumt, sagt Ambros. Was hast du geträumt?, frage ich und er sagt, ich habe geträumt, mein Körper wäre weg und es gäbe nur noch einzelne Organe. Und man hat mir einen neuen Körper gezüchtet, groß wie eine Kartoffel, in einer Petrischale. Komisch, sage ich. Und wie, sagt er, aber zu dem Zeitpunkt war das total logisch.

Er richtet sich im Bett auf. Ich lege die Hand auf seine Schulter und drücke ihn zurück. Wo fahren wir hin?, fragt er und ich sage, wir fahren zur CT, du hast gekrampft. Schon wieder?, fragt er und ich sage, war das nicht das erste Mal?

Nein, sagt Ambros, hast du gut geschlafen? Warum fragt er nach meinem Schlaf? Das ist doch jetzt völlig egal, aber ich weiß sowieso nicht, was man mit jemandem spricht, der gerade einen Krampfanfall gehabt hat. Also sage ich, dass ich gut geschlafen habe.

Eigentlich habe ich beschissen geschlafen. Ich habe die ganze Nacht geträumt, irgendwelche wirren Sachen über das Krankenhaus, Frau Follert, Kobicek, und dann war ich immer lange wach.

Warum fährst du mit zur CT?, fragt Ambros. Ich hole die Spritze aus der Tasche und sage, falls du nochmal krampfst. Schön, sagt Ambros.

38

Nach der CT warten wir wieder auf den Krankenfahrer. Wir warten zehn Minuten, vielleicht mehr, ohne dass jemand ein Wort sagt, dann flüstert Ambros etwas, das ich nicht verstehe. Wie bitte?, sage ich und er sagt ein bisschen lauter, bring mich hier raus.

Wo soll ich dich jetzt hinbringen?, frage ich und er sagt, mir egal. Aber, sage ich, wo sollen wir jetzt hin, wir könnten ins Patientencafé fahren, wenn du willst. Nicht dorthin, sagt Ambros, ich will hier raus. Na gut, sage ich, fahren wir in den Park.

Ich sage der Sekretärin, dass ich Ambros selbst zurückbringe, und schiebe das Bett zum Lift. Warte hier, sage ich, ich gehe einen Sitzwagen holen.

Die besten Wägen parken die Fahrer beim Haupteingang. Ich hole einen Wagen mit rotem Polsterbezug und fahre zu Ambros zurück. Los geht's, sage ich und Ambros sagt, mein Rucksack, ich brauche meinen Rucksack. Der ist auf der Station, sage ich, wozu brauchst du jetzt den Rucksack? Ich will rauchen, sagt er.

Wir fahren mit dem Lift zur Station und ich stelle Ambros im Wagen am Eingang ab. Ich achte darauf, dass mich keine Schwester sieht, und hole dann den Rucksack aus dem Zimmer.

Der Krankenhauspark ist groß, und wenn man ganz ans Ende fährt, kann man die Stationsgebäude kaum noch sehen.

Unter den Parkbänken und in den Büschen verstecken die Alkoholiker ihre Schnapsflaschen, die sie heimlich zwischen den Untersuchungen und Visiten besuchen. Es kommt oft vor, dass ein Alkoholiker, der schon zittrig wird und unruhig, kurz von der Station verschwindet und nach einer halben Stunde entspannt wieder zurückkommt. Natürlich weiß das jeder, aber wozu soll man einen Alkoholentzug machen, wenn jemand für eine Leistenbruchoperation zwei Tage im Krankenhaus ist. Zahlt sich nicht aus. Eigentlich müsste man ihnen den Schnaps einfach zum Bett stellen, so wie bei den anderen Patienten den Hagebuttentee.

Jetzt hätte ich Lust auf einen Schluck, aber ich würde natürlich nicht das Gebüsch nach Fusel durchsuchen, schon gar nicht im Krankenhausgewand. Obwohl mich hier sicher keiner sieht, und wenn mich einer sieht, dann wäre es eigentlich auch egal, weil jeder, der um diese Zeit in dieser Ecke des Parks ist, hat dasselbe Ziel.

So, sagt Ambros, jetzt sind wir weit genug weg. Weit genug für was?, frage ich und verriegle die Handbremse des Sessels. Gib mir den Rucksack, bitte, sagt Ambros. Ich gebe ihm den Rucksack.

Er holt die Polaroidkamera heraus und drückt sie mir in die Hand. Halt mal, sagt er.

Er öffnet einen Reißverschluss innen im Rucksack und nimmt Papers und eine kleine Metalldose heraus. Ich kann jetzt kein Gras rauchen, sage ich und er fragt, warum? Weil ich im Dienst bin, sage ich. Du bist Student, sagt Ambros, es wird wohl kaum alles zusammenbrechen ohne dich. Aber ich bin trotzdem im Dienst, sage ich. Er zuckt mit den Schultern. Wie du meinst, sagt er, holt Tabak aus dem Rucksack und baut sich einen Joint.

Ambros nimmt einen Zug. Schau, sagt er, ein Kaninchen. Tatsächlich, ein paar Meter vor uns sitzt in der Wiese ein großer Hase. Er bleibt kurz stehen, stellt sich auf die Hinterläufe und verschwindet dann in den Büschen. Scheiße, sagt Ambros, sehe ich schon Kaninchen? Das ist ein Feldhase, sage ich, kein Kaninchen. Bin ich froh, sagt er, dass du ihn auch siehst.

Ich sage, letzten Sommer ist einer durch einen Schacht in den Lichthof der Unfallambulanz gefallen. Sie haben ihn geröntgt, sage ich, und verbunden und ein Mädchen aus dem Wartezimmer hat ihn ein bisschen gestreichelt. Gut für den Hasen, dass er im Krankenhauspark wohnt, sagt Ambros, und nicht irgendwo anders. Ja, sage ich, vielleicht ist es sogar ganz genau dieser Hase gewesen. Weiß nicht, sagt Ambros, wie lange leben Hasen so in freier Wildbahn? Keine Ahnung, sage ich, aber ich glaube, wenn die medizinische Versorgung stimmt, schon länger als einen Sommer.

Sollen wir die Fotos ansehen?, fragt er. Sicher, sage ich, sind im Rucksack. Er holt die Fotos heraus und drückt mir den Joint in die Hand. Halt mal, sagt er und blättert durch die Fotos. Ich asche in die Wiese und nehme einen Zug. Hey, sagt er, jetzt also doch?

Du hast nichts gesehen, sage ich und er sagt, eh nicht. Was ist mit den Leuten auf den Fotos, frage ich, sind die alle tot? Er streicht sich über den Kopf. Was glaubst du, sagt er und nimmt mir den Joint aus der Hand. Ich sage nichts.

Ja, sagt er, sind alle tot. Mehr oder weniger gleich nach dem Foto. Der hier, er zeigt mir das Foto von dem gelben Mann, hat noch drei Tage gelebt. Die hier, sagt er und zeigt mir die junge Frau mit den großen Augen, noch drei Wochen. Bei dem anderen weiß ich es nicht sicher, der ist nach Hause gegangen. Aber ich habe schon versucht, sagt er, dem Verschwinden möglichst nahe zu kommen.

Er nimmt zwei Züge und lehnt den Kopf zurück. Der Joint ist stark. Ich spüre schon die Wirkung und habe nur drei- oder viermal angezogen. Ambros, sage ich, warum überhaupt Menschen fotografieren? Weil es ihnen, sagt er, weniger weh tut, wenn es ein Foto gibt. Das Verschwinden tut dann weniger weh.

Ich lege mich zurück in die Wiese und wir sagen eine Zeitlang nichts.

Ambros, sage ich. Ja, fragt er, was? Es riecht ein bisschen nach Scheiße hier, sage ich. Ich war es nicht, sagt er, dann lachen wir beide und er dämpft den Joint in der Wiese aus.

39

Ich will nicht zurück, sagt Ambros, bitte. Ich kann nicht auf der Station schlafen.

Jetzt dreht er durch. Wahrscheinlich sind es die Metastasen, und jetzt wird er verrückt. Du musst auf die Station, sage ich, du bist stationär im Krankenhaus, wie stellst du dir das vor? Dann gehe ich alleine, sagt er, wenn du nicht mitkommst, aber ich gehe nicht zurück auf die Station.

Eigentlich will ich auch nicht auf die Station. Nicht mehr heute auf jeden Fall, weil den Joint spüre ich ziemlich stark. Na gut, sage ich, du kannst zu den Schweinen mitkommen, wenn du niemandem was sagst.

Wie, zu den Schweinen, fragt er und ich sage, wir haben dort eine Couch. Ich hab heute Nachtdienst und Ed hat frei. Arbeitet Ed auch dort?, fragt er und ich sage, zwei Abende in der Woche, ja. Passt gar nicht zu ihr, sagt Ambros.

Danke, sagt er im Lift, und ich drücke auf die Taste für das Kellergeschoß. Seine Beine stehen unten aus dem Nachthemd heraus. Ist dir nicht kalt?, sage ich und er sagt, mir ist immer kalt. Er bewegt die Zehen in seinen Plastikpantoffeln.

Bei den Schweinen sitzt nur Tanja. Tanja macht die Tagschichten. Sie spricht nicht viel. Sie ist gern bei den Schweinen, glaube ich, aber nicht gern unter Menschen. Sie wartet auf einen Turnusplatz und wenn sie nicht bei den Schweinen ist, läuft sie auf Berge, manchmal zwei oder drei an einem Tag. Wahrscheinlich, weil sie da auch mit niemandem reden muss. Hallo Tanja, sage ich, wir setzen uns ein wenig in den Aufenthaltsraum. Tanja winkt. Ambros schaut an mir vorbei hinein zu den Schweinen. Schon arg, sagt er, was hier unten so abgeht.

Ich zeige ihm den Aufenthaltsraum. Bitte, sage ich, nimm Platz. Ich mache uns einen Kaffee, sage ich und er winkt ab. Danke, sagt er, für mich nur Wasser.

Du kannst hier schlafen, sage ich, auf der Couch. Es wird keiner reinkommen, in der Nacht sind nur ich und die Schweine hier.

Darf ich sie sehen?, fragt Ambros und ich sage, sicher. Wir gehen nebenan in den Raum, wo Adelheid und Schweinchen Pomp liegen. Tanja füllt gerade eine Motorspritze nach und nickt uns zu. Sie haben keine Bettdecke, sagt Ambros, ist ihnen nicht kalt? Ich sage, Schweine sind nie zugedeckt, warum sollte ihnen ausgerechnet jetzt, wo sie in Narkose sind, kalt sein?

Ambros greift nach Adelheids Hinterlauf. Fühlt sich ganz warm an, sagt er. Ich sage, natürlich ist sie warm, sie ist ja nicht tot. Adelheid heißt sie übrigens. Und das ist Schweinchen Pomp. Pomp, sagt Ambros, ernsthaft? Weiß er das? Nein, sage ich, und bitte sag ihm nichts. Cool, sagt Ambros, im Krankenhaus heißen die Oberärzte wie Schweine.

Tanja übergibt mir den Verlauf aus dem Tagdienst und geht. Wir sitzen wieder im Zimmer. Träumen Schweine eigentlich?, fragt Ambros. Meinst du generell oder jetzt in der Narkose?, frage ich und er sagt, in der Narkose. Ich sage, ich glaube schon. Ich bin nicht sicher, sagt Ambros. Wenn man das Hirn ganz ausschaltet, träumt man, glaube ich, nicht.

Ich hätte auch gerne mal eine Narkose, sagt er, wenn es so weit ist. Ich sage nichts. Was soll man auf so was schon sagen. Natürlich kann er keine Narkose haben, Narkose gibt es nicht fürs Sterben, nicht für Menschen. Außerdem sterben, warum redet er übers Sterben, jetzt war gerade mal die erste Lumbalpunktion und dann sehen wir weiter. Wir müssen erst weitersehen, bevor man übers Sterben vielleicht sprechen kann.

Was passiert dann mit Adelheid, fragt Ambros, wenn sie gestorben ist? Wir obduzieren sie, sage ich, nehmen Gewebeproben und dann wird sie abgeholt. Esst ihr sie nicht?, fragt Ambros und ich sage, nein, das wäre unethisch. Warum wäre das unethisch?, fragt Ambros und ich sage, wir können nicht ein Versuchstier essen, das wäre nicht in Ordnung.

Gute Frage eigentlich, warum das nicht in Ordnung wäre. Aber so sind die Regeln und jetzt abgesehen davon, dass das sicher kein gesundes Fleisch wäre mit den ganzen Medikamenten, ich käme mir komisch vor, würde ich Adelheid essen. Ich habe nichts gegen Fleisch, ich bin kein Vegetarier, aber Adelheid essen wäre schon seltsam, nach der ganzen Zeit mit ihr. Zugeben würde ich es jetzt nicht vor Ambros, aber ich habe schon manchmal mit ihr gesprochen in der Nacht. Wenn sonst niemand da war und ich sicher war, dass uns niemand hören konnte.

Bitte mach es dir bequem, sage ich und gehe zu den Schweinen. Ich habe lange zu tun, vor allem mit Adelheid, und als ich zurück in den Aufenthaltsraum komme, ist Ambros auf der Couch eingeschlafen. Ich gebe ihm einen Kuss auf die Stirn, ganz leicht, damit er nicht aufwacht. Dann hole ich die alte Rot-Kreuz-Decke aus dem Kasten und decke ihn zu. Sie riecht nach Rauch und Pizza.

40

Ambros Wegener steht auf der Terrasse meiner Eltern und sagt, ich heiße nicht Hofer.

Den Spitznamen hat er seit zwei Monaten. Jemand hat eine Austropop-CD gefunden und weil Ambros auch der Nachname eines Musikers ist und der ein Lied über einen Hofer geschrieben hat, heißt Ambros jetzt Hofer. Wenn er sich nicht jedes Mal ärgern würde, würden wir ihn in Ruhe lassen, aber er will es nicht anders.

Vor einer Woche war die Matura. Ambros kann sie erst nächstes Jahr machen, er ist sitzen geblieben, aber das ist jetzt egal, er feiert mit.

Die meisten anderen sind im Pool, beim Nacktbaden, nur Harald, Ambros und ich sind noch im Haus.

Ich hätte Ambros ja gar nicht zu der Party eingeladen, auch Harald nicht, aber Dani wollte ich einladen, und Harald ist ihr Freund. Und Ambros gehört einfach dazu.

Harald hat eine Idee. Machen wir eine Fackelwanderung, sagt er. Ich sage, ich weiß nicht, aber Ambros sagt, gute Idee, lass uns zum Bowlinglokal bei der Bundesstraße gehen. Das hat sicher geschlossen, sage ich, es ist zwei Uhr früh und außerdem Mittwoch.

Den beiden ist das egal, sie wollen bowlen gehen. Ich hole zwei Wachsfackeln aus dem Gartenhaus, orange und blau, verpackt in durchsichtiges Plastik.

Ich gebe Ambros eine Fackel und Harald die zweite. Wir entzünden sie mit Streichhölzern, was ziemlich lang dauert, weil wir nur Streichholzbriefchen haben, die mit den dünnen, wächsernen Streichhölzern. Sie brechen leicht ab und brennen nur kurz und das reicht nicht für die Fackeln. Ambros zündet ein ganzes Briefchen auf einmal an, dann klappt es.

Harald ist ziemlich betrunken. Zweimal geht seine Fackel aus, weil er sie, sobald sie ein wenig brennt, in der Luft herumschwenkt. Ambros sagt, wenn du nicht stillhältst, gehen wir ohne dich.

Zwischen uns und der Bowlingbahn befindet sich ein Wald auf einem Hügel, der gleich hinter dem Haus, nachdem man über einen Bach gegangen ist, stark ansteigt. Ambros, sage ich, woher wissen wir denn, dass die Bowlingbahn überhaupt offen hat? Wissen wir nicht, sagt er. Es ist aber weit, sage ich und er sagt, kannst ja wieder zurückgehen.

Harald steht an einer Abzweigung im Wald. Er sieht mich an und sagt, wo sollen wir hin, du kennst dich hier aus. Ich kenne mich nicht aus, ich wohne nur hier, sage ich.

Ich wohne nicht mehr lange hier. Einen Sommer noch, und den Zivildienst, mehr als ein ganzes Jahr, und dann studieren.

Wo kommst du eigentlich hin, frage ich Harald, Zivildienst oder Heer? Heer, sagt Harald, zu den Pionieren.

Ambros ist untauglich. Er hat es irgendwie geschafft, obwohl er nicht krank ist und nicht behindert. Aber sie haben eine Schwäche beim Farbsehen gefunden und Eiweiß im Harn und das hat gereicht. Obwohl er sonst offizierstauglich gewesen wäre, fliegertauglich, alles. Er hat sich die Untauglichkeitsbescheinigung rahmen lassen und zu Hause aufgehängt.

Bist du sicher, dass es hier weitergeht?, fragt Ambros und leuchtet mit der Fackel ein Stück nach vorne. Ich bin überhaupt nicht sicher und sage, natürlich bin ich sicher.

Plötzlich schreit Harald, Dinosaurier, da ist ein Dinosaurier!, und lässt die Fackel fallen. Er stolpert, stürzt und rutscht am Hintern zurück. Ambros läuft hin, nimmt die Fackel vom Boden und tritt die Glutnester aus. Spinnst du, sagt er, du wirst noch den Wald abbrennen.

Scheiße, sage ich, da ist wirklich ein Dinosaurier. Vor uns steht vor einer schwarzen Schaumgummiwand ein Dinosaurier, ein Velociraptor, wie in Jurassic Park. Er ist übersät mit Löchern. Ambros stößt ihn mit der Hand an. Er wackelt.

Harald steht auf und putzt sich den Schmutz von der Hose. Ambros sagt, vor einem Plastikdinosaurier fürchten, das schaffst auch nur du. Halt den Mund, sagt Harald, der hat so echt ausgesehen und außerdem, wer stellt bitte mitten im Wald einen Dinosaurier auf?

Neben dem Dinosaurier steht ein Metallschild mit der Aufschrift „23“. Das ist ein Bogenparcours, sage ich. Ein was, sagt Harald, und ich sage, Bogenschießen, man kann hier Bogenschießen auf Plastiktiere. Einige Meter vor dem Dinosaurier steckt ein Holzpflock im Boden. Oben ist er grün angestrichen. Ich stelle mich zu dem Pflock und mache mit den Armen eine Bewegung, als würde ich einen Bogen spannen. Ich lasse den Pfeil los und pfeife durch die Zähne. Das wäre dann die Distanz für dich, sage ich zu Harald und laufe ein Stück weiter weg, zu einem blauen Pflock. Und hier ist meine, rufe ich und schieße noch einmal. Harald gibt dem Dinosaurier einen Tritt. Der Dinosaurier fällt um. Ha, sagt Harald, und tschüss.

Lass uns noch mehr suchen, sagt er und leuchtet mit der Fackel auf einen gelben Wegweiser.

Wir wollten doch bowlen gehen, lass uns die Bundesstraße suchen, sagt Ambros und ich sage, schauen wir mal, was da noch kommt, und springe über eine Wurzel. Harald schreit von vorne, eine Sau, eine Sau!

Auf einer kleinen Lichtung steht Nummer vierundzwanzig: ein Wildschwein in einer Grube, daneben drei Ferkel. Harald hat seine Fackel neben der Sau in den Boden gesteckt und nimmt Anlauf. Zwei, drei Schritte, dann versetzt er dem ersten Ferkel einen Tritt. Es fliegt aus der Grube und verschwindet im Wald. Harald tanzt um die Schweine herum.

Ambros setzt sich auf den Boden am Oberrand der Grube. Komm runter, schreit Harald, da ist auch eins für dich. Ambros schüttelt den Kopf. Jetzt hab dich nicht so, sage ich und springe in die Grube. Ich nehme

Anlauf und trete das zweite Ferkel. Es landet knapp außerhalb der Grube, hinter Ambros. Man kann es im Schein der Fackeln noch sehen. Na ja, sagt Harald, jetzt du, Ambros. Ambros schüttelt wieder den Kopf. Komm schon, was ist mit dir, sage ich und ziehe an seiner Hand. Er macht sich los. Können wir dann bowlen gehen, sagt er, mich interessiert das nicht.

Harald tritt gegen das dritte Ferkel. Es prallt an der Wand der Grube ab und landet vor meinen Füßen. Ich hebe es auf. Du gehörst jetzt mir, kleines Ferkel, sage ich und streichle ihm über den Kopf. Nicht böse sein, Mama Schwein, sagt Harald, aber Ben braucht was zu kuscheln, wenn bei Ambros schon nichts geht. Ambros schüttelt den Kopf. Halt den Mund, sagt er und steht auf.

Harald will zum nächsten Tier weitergehen. Ich glaube, du hast genug, sagt Ambros. Nichts habe ich, sagt Harald, ich brauche mehr Ferkel. Genau, sage ich, wir brauchen mehr Ferkel. Ambros sagt, dann gehe ich alleine zurück. Ja, verschwinde, sagt Harald. Ja, verschwinde, sage ich.

Wir haben uns verlaufen, sagt Ambros. Blödsinn, sage ich, wir sind genau richtig, wir sind gleich da. Ambros sagt, so kommen wir nie zum Bowling.

Harald hat ins Unterholz gekotzt und ist seither still. Das Ferkel habe ich in meinen Rucksack gesteckt. Es schaut mit dem Kopf heraus. Das Ferkel starrt mich an, sagt Ambros, nimm es da weg. Ich lasse mein Ferkel dort, wo ich es haben will, sage ich, Ferkel und ich entscheiden das ganz alleine.

Ambros sagt, hier waren wir schon, bei den Futterkrippen waren wir vorhin gerade. Das sind sicher andere Futterkrippen, sage ich. Ambros sagt, das sind dieselben.

Ich lege den Rucksack ab. Harald hat sich hingesetzt. Ich nehme das Ferkel aus dem Rucksack und setze es neben mich auf den Boden. Du bist frei, sage ich, lauf in den Wald. Siehst du, sage ich zu Ambros, Ferkel will nicht weg, Ferkel möchte in meinem Rucksack leben.

Schau, sagt Harald, ein Rehlein. Ich gehe zu dem Reh hin. Es steht vor einem Baum und einer weiteren schwarzen Schaumgummiwand. Ein Ohr fehlt und das linke Auge ist kaputt. Hey, sage ich, hallo Reh. Ich stelle mein Ferkel neben dem Reh ab. Kennst du meinen Freund Ferkel?, frage ich. Das kleine Ferkel, sage ich, nicht das große Ferkel da hinten. Harald lacht, Ambros verschränkt die Arme und steckt seine Fackel in Boden.

Hey, kleines Rehlein, sagt Harald, ich finde dich irgendwie scharf. Er streicht dem Reh über den Rücken. Komm, ich werd's dir besorgen, Rehlein, sagt er. Ambros sagt, spinnst du, lass uns bowlen gehen. Harald greift dem Reh zwischen die Hinterläufe. Mmmh, das magst du, sagt er. Ambros sagt, du bist ja krank. Harald sagt, ich bin nicht krank, ich bin geil. Er packt das Reh mit beiden Händen von hinten und macht Fickbewegungen.

Hör auf, schreit Ambros, lass es in Ruhe. Harald dreht sich um und sagt, spinnst du, halt die Klappe, und macht weiter seine Fickbewegungen. Er stöhnt und lacht.

Ambros nimmt die Fackel vom Boden, ich will noch schreien, aber ich komme zu spät. Er schlägt Harald mit der Fackel auf den Hinterkopf, wirft sie weg und stürzt sich auf ihn.

Harald hat nicht alle Haare verloren, nur auf einem handtellergroßen Bereich am Hinterkopf. Es hat eine Aussprache gegeben und eine Entschuldigung und die fünftausend Schilling für die Tiere hat Ambros' Mutter in bar bezahlt.

41

Wenn man seinen ersten Nachtdienst als Student mitmacht, malt man sich aus, wie es sein wird. Ich mache das jedenfalls: haufenweise Patienten, Blut, Nadeln, Stress, Schlafmangel. Wie im Fernsehen. Das Krankenhaus bei Nacht, Drama, Action. Was ich mir definitiv nicht vorgestellt habe: Wendelin Pomp in Hotpants. Strenggenommen sind es keine Hotpants, aber wenn man mit seinem Hintern solche Jeans anzieht, muss man sich den Vergleich gefallen lassen.

Immerhin ist die Musik okay. Schlager hätte gerade noch gefehlt.

Pomp grillt gern im Dienst, das weiß ich jetzt. Auf einem Spieß dreht er zwei halbe Hühner. Er sagt, Ben, gib mir mal die Marinade. Die Marinade, sagt er, ist das Wesentliche. Es muss genug Salz drin sein, sagt er, und Honig, ein bisschen Senf. Und Gewürze?, frage ich und er sagt, die Gewürze kommen schon vorher unter die Haut. Ich gebe ihm die Styroporschale mit der Marinade. Aber, sagt er und streicht sie mit einem Pinsel auf die Hühnerhälften, man muss sie zärtlich auftragen, und immer wieder, immer wieder, bis jedes Stück Haut bedeckt ist, verstehst du? Ich verstehe.

Pomp sagt, gib mir mal die Schweinekoteletts. Ich gebe ihm die Schale mit dem Fleisch. Er hebt die Koteletts mit der Grillzange heraus, lässt die Marinade abtropfen und legt das Fleisch auf den Grill. Ein bisschen Marinade tropft auf die Kohlen und macht eine kleine Flamme.

Ein halbes Huhn ist für dich, sagt er, und eines ist für mich. Die Koteletts sind für Ed und die Pflegehelferin.

Pomp kann sich den Namen der Pflegehelferin nicht merken. Überhaupt merkt er sich Namen nicht, setzt stattdessen einfach die Berufsgruppe ein und hofft, dass jeder weiß, wer gemeint ist. Die Pflegehelferin heißt Anita und arbeitet seit über zehn Jahren auf der Station.

Nein danke, sage ich, ich esse kein Fleisch. Wie, du isst kein Fleisch, sagt Pomp, bist du Vegetarier? Ja, sage ich.

Das stimmt nicht. Ich esse Fleisch. Aber ich kann kein Schweinefleisch essen, seit ich bei den Schweinen arbeite. Ich hätte das Gefühl, ich würde Adelheid essen oder Schweinchen Pomp, und das will ich nicht. Und ich mag kein Fleisch, bei dem man das Tier noch erkennen kann. Also eben halbe Hühner, Fische im Ganzen, Meeresfrüchte, solche Sachen. Und ganz besonders esse ich nichts, das noch Augen hat. Das ist ekelhaft. Aber ich will das nicht alles Pomp erklären müssen. Also sage ich, ja, ich bin Vegetarier.

Blöd, sagt er, jetzt habe ich nichts zu essen für dich, nur Brot. Brot ist okay, sage ich, und sonst finde ich schon was.

Pomp dreht ein Kotelett um und wirft einen Blick auf die Rückseite. Er legt es wieder zurück. Sollen wir deinem Freund auch was mitnehmen?, fragt er. Meinem Freund?, frage ich und er sagt, na ja, Wegener. Nein, sage ich, der isst auch kein Fleisch.

Der nächste Vegetarier, sagt Pomp. Gut, sagt er, Wegener hat Hirnhautmetastasen, sagt er und tippt sich mit dem Zeigefinger an die Stirn, der ist nicht mehr echt im Kopf. Aber was ist deine Entschuldigung? Sollen wir dich auch mal in die CT stecken? Er lacht und streicht noch eine Schicht Marinade auf die Hühner.

Ich zerreibe ein Basilikumblatt zwischen den Fingern und rieche daran. Ambros hat auch vor den Hirnhautmetastasen kein Fleisch gegessen, sage ich. War nicht so gemeint, sagt Pomp, entschuldige.

Er nimmt die Koteletts vom Grill und wickelt sie in Alufolie ein. Die Hühner brauchen noch ein bisschen, sagt er. Ich werfe das Basilikumblatt auf die Kohlen.

Seit wann kennst du Wegener?, fragt Pomp. Seit der Schulzeit, sage ich. Beschissen, sagt er, dass er so jung sterben muss. Ja, sage ich, beschissen. Weiß er es, frage ich, dass er sterben muss?

Pomp macht eine Bierflasche auf. Ja, sagt er, wir haben das besprochen. Ich meine, sagt er und nimmt einen Schluck, keine Ahnung, ob er es verstanden hat, aber gesagt habe ich es ihm.

Pomp nimmt noch einen Schluck Bier und hält mir die Flasche hin. Nein danke, sage ich. Warum, sagt Pomp, musst du heute noch Auto fahren?

Alkohol im Dienst finde ich nicht okay. Ich weiß schon, das war früher üblich, aber das waren andere

Zeiten und jetzt haben wir 2002. Beruhig dich, sagt er, als er meinen Blick sieht, und zeigt auf das Etikett, alkoholfrei. Er nimmt noch einen Schluck.

42

Das Essen ist bald fertig und ich will noch kurz zu Ambros. Die Zimmertüre ist geschlossen. Ich horche. Drinnen singt jemand. Und Kobicek kann es wohl kaum sein, der singt sicher nicht mehr. Ich öffne die Türe einen Spalt.

Es ist Ambros. Er sitzt auf einem Sessel, den er zu Kobiceks Bett geschoben hat. Der Mond ist aufgegangen, singt Ambros, die goldnen Sternlein prangen am Himmel hell und klar. Ich klopfe an die offene Türe. Er zuckt zusammen, hört auf zu singen und dreht sich um.

Ach du bist es, sagt er, du hast mich erschreckt. Was machst du da?, frage ich und er sagt, Kobicek mag es, wenn ich für ihn singe.

Kobicek liegt genauso da wie immer und rasselt vor sich hin. Ich bin nicht sicher, wie man überhaupt merken soll, ob Kobicek etwas mag oder nicht. Oder ob er überhaupt noch etwas mögen kann.

Aha, sage ich. Ich öffne Kobiceks Augenlider. Er hat schon den Herdblick: Die Augen sind nach oben verdreht, der Blick ist unter den Lidern zum Hirn gerichtet. In Kobiceks Kopf ist nur noch Gemüse. Der kann gar nichts mehr mögen. Aber ich will Ambros jetzt nicht die Atmosphäre verderben.

Schön, sage ich zu Ambros, das gefällt ihm sicher.

Was hast du vor?, frage ich. Ambros öffnet den Rucksack und sagt, wir machen jetzt sein Foto. Sein Foto?, frage ich und er sagt, Kobiceks Foto, für das Projekt. Es ist so weit, sagt Ambros, und er hat sicher nichts dagegen. Er nickt Kobicek zu und sagt, jetzt ist er entspannt.

Und wenn jemand reinkommt, sage ich und Ambros sagt, es wird niemand reinkommen. Die Schwester mit den Infusionen war schon da und sonst kommt heute keiner mehr. Halt mal, sagt er und gibt mir die Kameratasche.

So, sagt er und legt einen Film ein, kann losgehen. Schwarz-weiß, sagt er und stellt die Kamera ein, das passt am besten.

Er richtet die Kamera auf Kobicek und wartet. Worauf wartest du?, frage ich. Auf eine Pause, sagt Ambros und ich frage, welche Pause? Eine Atempause, sagt Ambros, das gibt ein ruhigeres Bild.

Ambros macht ein Foto, und als die Polaroidkamera es ausgespuckt hat, hält er es mir hin. Ich nehme es zwischen Daumen und Zeigefinger und schüttle es. Du musst nicht schütteln, sagt Ambros.

Natürlich muss man Polaroidbilder schütteln. Okay, eigentlich weiß ich nicht, ob man sie wirklich schütteln muss. Wahrscheinlich hat Ambros Recht und es ist gar nicht nötig.

Oder man musste sie nur damals schütteln, in den Achtzigerjahren, aber nicht die modernere Version. Aber es gehört irgendwie dazu, und deshalb schüttle ich auch das zweite und das dritte Foto, und so weiter, bis am Tisch sechs Bilder liegen und Ambros zufrieden ist.

Kobicek macht gar nichts, auch nicht, als Ambros blitzt. In jeder Atempause ein Blitz, ein Foto, und in den längeren Pausen gehen sich zwei Bilder aus. Wir sind schnell fertig.

Danke, sagt Ambros und ordnet die Bilder auf dem Tisch an. Kobiceks Bild erscheint langsam in Schwarz-Weiß auf den Fotos. Auf dem ersten Bild kann man ihn schon gut erkennen. Auf dem zweiten Bild ist er blasser, auf dem dritten ist er durchsichtig, und auf dem vierten Foto ist er noch gar nicht zu sehen.

43

Wendelin Pomp fixiert das Huhn mit der Gabel und spreizt mit den Fingern den Haxen ab. Er rüttelt hin und her, um das Hüftgelenk auszurenken, und schneidet es mit dem Messer durch.

Ich esse Merci-Schokolade. Merci gibt es im Krankenhaus immer und überall. Die Patienten schenken uns Merci, wenn sie nach Hause gehen, und glauben, dass das eine originelle Idee ist. Die Patientenkantine hat das Geschäft entdeckt und verkauft zum doppelten Ladenpreis große Packungen, kleine Packungen, alle Größen, alle Sorten.

Pomp löst mit der Gabel die Haut von der Brust. Er reißt die Haut ab und legt sie auf den Teller neben das Huhn. Seltsam, dass er sie nicht isst. Ich esse grundsätzlich keine Haut von irgendeinem Tier, aber normalerweise sind die Leute bei Grillhühnern scharf auf die Haut. Sehr knusprig sieht sie aber wirklich nicht aus.

Pomp schneidet ein Stück Fleisch ab, das dunkler als der Rest ist. Das Pfaffenstück, sagt er.

Schon interessant, dass in einem Huhn gleich zwei katholische Würdenträger vereint sind. Den Bischof gibt es auch noch, das ist der Hühnerarsch. Den wollte mein Opa immer essen, und die anderen Innereien, die dabei sind, wenn man ein Huhn kauft. Warum grinst du so, sagt Pomp und steckt das Pfaffenstück in den Mund. Nur so, sage ich, nur so.

Schau, sagt Ed, Holger Hodgkin ist da. Holger lehnt sich in das Fenster zum Schwesternstützpunkt. Ein Bett, sagt er, ich brauche ein Bett. Er stinkt nach Alkohol. Ed fragt, oh Gott, Holger, wo warst du? Holger sagt, ich war am Zeltfest.

Holger hat einen Vollrausch und Morbus Hodgkin. Was Holger nicht hat: weiße Blutkörperchen, rote Blutkörperchen und Blutplättchen. Das heißt Infektionsrisiko, Blutungsrisiko, minimale Belastbarkeit. Nicht ideal für ein Zeltfest.

Holger setzt sich auf den Boden und sagt, mir ist schlecht. Er blutet. Über dem linken Auge hat er eine Rissquetschwunde, aus der ein dünner Faden Blut in seine Augenbraue rinnt. Was ist passiert?, fragt Ed und Holger sagt, lass mich in Ruhe, mir ist schlecht.

Was hast du auf dem Zeltfest gemacht?, frage ich. Türsteher, sagt Holger und grinst. Klar, warum nicht. Türsteher. Weil als Türsteher ist er in der idealen Position, um eins in die Fresse zu bekommen, und eins in die Fresse bekommen heißt für Holger, wenn er Pech hat: Hirnblutung.

Zimmer fünf, sagt Ed und klopft Holger auf die Schulter. Holger steht auf und tastet sich beim Gehen an der Wand entlang.

Bist du dir sicher, sage ich zu Pomp, dass es klug ist, Holger zu Ambros ins Zimmer zu legen? Pomp sagt, wir haben sonst kein Bett, er muss da hinein. Und warum nicht, sagt er, die sind beide jung, die verstehen sich garantiert, und den toten Kobicek wird es nicht stören. Pomp nagt das letzte Fleisch von dem Hühnerhaxen. Holger wird eine Bluttransfusion brauchen, sagt er, kannst du ihn noch aufklären? Ich nicke, nehme das Formular und gehe zu Holger.

Und dann kommen gelbe Feuerwerksraketen aus meinem Arsch, sagt Holger. Was, sage ich, was hast du gesagt? Gelbe Feuerwerksraketen, sagt er.

Ich habe die Zeile am Aufklärungsformular verloren. Einen betrunkenen Zwanzigjährigen über eine Bluttransfusion aufklären. Wirklich genau, was ich an meinen Abenden so machen will. So besoffen, wie Holger ist, ist wahrscheinlich so oder so jede Aufklärung juristisch sinnlos, aber irgendjemand muss. Und solche Dinge treffen dann mich. Scheiße fällt nach unten.

Ich blättere eine Seite zurück, dann wieder vor und sage, also, die Transfusion. Dauert eine Stunde, aber das kennst du ja schon, und wie gesagt, passieren kann viel, allergische Reaktionen, Infektionen, und ganz selten, aber das kommt fast nie vor –

Feuerwerksraketen, sagt Holger, aus dem Arsch. Ich blättere zu der Seite mit den Unterschriften und fülle das Datum und den Ort aus. Hier unterschreiben, sage ich. Holger legt das Formular auf die Bettdecke und unterschreibt. Zweimal sticht er mit dem Kugelschreiber durch das Papier.

44

Ich habe noch nie so viel Blut gesehen. Ed hat gesagt, Frau Follert hat es nicht mehr mitbekommen, sie war schon bewusstlos.

Meine Hose klebt an den Beinen. Geh dich duschen, sagt Ed. Und danke. Sie drückt Frau Follerts Hand noch einmal und legt sie auf den Brustkorb. Geh dich duschen, sagt Ed noch einmal und wischt ihr mit Klopapier Blut aus dem Mundwinkel. Ich hinterlasse blutige Abdrücke am Boden bis zur Zimmertüre. Ich ziehe Socken und Schuhe aus und gehe barfuß den Stationsgang entlang bis zum Lift. Hoffentlich sieht mich niemand. Ich sehe aus, als hätte ich ein Schwein geschlachtet.

Vielleicht hätte ich sie für tot erklären sollen, also so richtig, wie im Film. Oder mir zumindest die Zeit merken. Für tot erklären darf ich nicht, das darf nur ein Arzt, und ich bin noch kein Arzt, aber ich hätte mir die Zeit merken sollen, damit ich sie Pomp sagen kann. Ich sehe auf die Uhr. Okay, also zwei Minuten bis zum Lift, fünf Minuten für die Zeit im Zimmer, dann nehmen wir neunzehn Uhr einundvierzig, das müsste ungefähr passen.

Ich habe ihr die Augen nicht zugemacht. Ich habe überhaupt noch nie einem Toten die Augen zugemacht. Aber man sollte einem Toten die Augen zumachen, dann die Uhrzeit sagen. Und die Handschuhe in die Ecke schleudern. Wie im Fernsehen eben. Aber was ich im Fernsehen noch nie gesehen habe: dass der

Arzt barfuß über den Gang schleicht, mit den blutigen Birkenstock in der Hand.

Ich habe kein Krankenhauspoloshirt mehr. Ich sitze im Dienstzimmer mit nacktem Oberkörper in meiner frischen Hose. Ich habe mir beim Automaten einen Kakao geholt und Schokolade, Musik aufgedreht und geduscht. Musik hören sie in Scrubs auch immer, wenn etwas Tragisches passiert ist. Ich habe den Soundtrack auf MP3. Aber in Scrubs sind sie nie geduscht in solchen Szenen, sondern sitzen völlig fertig irgendwo am Krankenhausdach.

Ich kann jetzt nicht aufs Dach. Ich wüsste nicht einmal, wo ich den Schlüssel für den Hubschrauberlandeplatz bekommen könnte, und das ist, glaube ich, der einzige mögliche Platz auf dem Dach. Also sitze ich frisch geduscht auf dem Bett im Dienstzimmer, mit dem Kakao, der Schokolade und dem Soundtrack.

Ich habe noch nie so viel Blut gesehen. Nicht bei jemandem, der noch gelebt hat. Ich glaube, sie hat es wirklich nicht mitbekommen.

Ich muss ihr die Augen schließen. Das macht man so, die Augen schließen. Die Handschuhe werfen, okay, das muss nicht sein, und Ed hätte das sowieso nicht zugelassen. Aber die Augen schließen, das gehört dazu. Soll ich jetzt Pomp anrufen, aber der kommt ja nachher sowieso und was gehen ihn die Augen an, er ist der Oberarzt. Er war ja nicht mal dabei.

Was mache ich jetzt, ich muss etwas anziehen. Ich kann schlecht mit nacktem Oberkörper auf der Station auftauchen. Ich durchsuche das Zimmer nach Gewand und finde ein Poloshirt von dem Assi. Ich ziehe es an und verdecke den Namen mit Klebeband.

Wenn ein Patient gestorben ist, bleibt die Leiche noch ein paar Stunden auf der Station. Das muss sein, weil es im Gesetz steht. Damit man nicht einen Scheintoten auf die Pathologie bringt. Das ist heutzutage nicht mehr besonders wahrscheinlich, aber Gesetz ist Gesetz und deswegen bleiben die Leichen auf der Station, im Bad, im Arztzimmer oder im Krankenzimmer. Im Krankenzimmer aber nur, wenn sie dort alleine waren.

Füllst du die Formulare aus, sagt Ed. Sie sitzt am Stützpunkt und trinkt Tee. Die Einladung liegt da drüben, sagt sie. Welche Einladung?, frage ich und sie sagt, die Obduktionseinladung. Da steht wirklich Einladung auf dem Formular, als ginge es um ein Fest oder eine Gartenparty. Warum die ausgerechnet Einladungen heißen, hat mir noch keiner erklären können. Als ob man jemanden zu einer Obduktion einladen würde. Und zu seiner eigenen noch dazu.

Ich darf das nicht ausfüllen, sage ich, ich bin noch Student. Pomp kommt gleich, sagt sie, er unterschreibt dann. Ich fülle die Einladung aus. Die Diagnose, die Todesursache, und beim Namen des Arztes trage ich überall ein: Oberarzt Doktor Wendelin Pomp.

Dann noch den Fußpass. Schon wieder so ein Wort. Als ginge es ums Verreisen. Kein Namensetikett, sagt Ed und hält mir den Pass und einen Edding hin, der Kleber löst sich im Kühlschrank.

Ich muss nochmal rein, sage ich und Ed fragt, warum? Dass es wegen der Augen ist, will ich ihr nicht sagen, also sage ich, ich habe meinen Piepser vergessen. Hab keinen Piepser gesehen, sagt Ed, aber bitte, schau nach.

Der Piepser ist in meiner Hosentasche, aber sie hat es zum Glück geglaubt. Oder es ist ihr egal. Ich hätte es auch sagen können, das mit den Augen, weil es ist ja nichts Falsches daran, einer Toten die Augen zuzumachen.

Ich gehe zu Frau Follerts Zimmer. Ich klopfe an und gleich, nachdem ich das getan habe, fällt mir auf, dass es keinen Sinn hat, weil Frau Follert ist tot und sonst ist niemand im Zimmer. Trotzdem. Ich warte zwei, drei Sekunden, dann gehe ich ins Zimmer.

Ed hat alles schön gemacht. Auf dem Nachtkästchen brennt eine Kerze. Eigentlich ist offenes Feuer im Krankenhaus verboten, aber Ed ist das egal.

Das Fenster ist geöffnet. Manchmal machen sie nach dem Tod das Fenster auf. Damit die Seele rausfliegen kann. Ich halte davon nichts, aber die frische Luft tut gut.

In der Ecke steht noch ein Kübel mit blutigem Klopapier, aber sonst hat Ed alles weggeputzt. Sogar aus den

Haaren. Sie sind feucht, frisch gewaschen. Ich gehe zum Bett.

Ed muss auch die Augen schon geschlossen haben. Links ist das Oberlid ein kleines Stück nach oben gerutscht. Ich schiebe es nach unten. Zuerst probiere ich es wie im Fernsehen, mit der flachen Hand, aber es funktioniert nicht. Dann versuche ich es mit dem Zeigefinger, aber das Lid rutscht immer wieder zurück, egal, wie oft ich es zuschiebe. Ich streiche Frau Follert über den Kopf. Die Haare riechen nach Minze.

Ich war noch nie alleine mit einer Toten. Ein paar Tote habe ich schon gesehen, im Studium und davor, als Opa gestorben ist, aber da war ich nie alleine. Immer war irgendjemand da, ein Oberarzt, meine Eltern oder sonst wer.

Ich setze mich in den Lehnsessel beim Fenster. Es ist ruhig, nur ein paar Stimmen von draußen hört man. Die Luft, die vom Fenster kommt, riecht ein wenig nach Gras.

45

Du musst kommen, sagt Ed am Telefon, sie schreien am Gang rum und streiten. Wer?, frage ich und sie sagt, Ambros und Holger natürlich.

Was soll das, es ist nach zehn und warum schlafen die um die Zeit nicht? Und wozu sie mich braucht, keine Ahnung. Ich darf nicht mal ein Schlafmittel verschreiben. Außerdem ist Pomp direkt auf der Station, im Dienstzimmer. Aber der Oberarzt steht zuletzt auf, ist so und ich kann mich ärgern, wie ich will, ich muss aufstehen.

Holger steht im Krankenhauspyjama am Gang und tanzt. Ambros sitzt am Boden daneben, an die Wand gelehnt, und vor den beiden steht Ed, in der Hand einen Plastikbecher mit Flüssigkeit und sagt zu Holger, jetzt trink. Ja, trink, sagt Ambros, trink, du Trottel.

Was ist das, sagt Holger und hüpft von einem Bein auf das andere, was ist das, was ist das? Schlafmittel, sagt Ed und ich sage, hallo Holger.

Ah, sagt Holger und kommt mir entgegen, ich muss dir was sagen. Diese Frau will meine Decke stehlen. Einen Scheiß will ich, sagt Ed, nimm deine Tropfen.

Warum schläfst du nicht?, frage ich und er sagt, weil ich nicht müde bin, wir feiern hier ein Fest. Wo sollen wir jetzt ein Fest feiern?, fragt Ed. Holger breitet seine Decke auf dem Boden aus und sagt, gleich hier, wir machen ein Picknickfest. Es ist dreiviertel elf, wir machen sicher kein Picknick, sagt Ed, und jetzt steh auf, nimm deine Decke und trink das hier aus. Sie hält ihm nochmal den Plastikbecher hin. Holger steht auf, nimmt seine Decke und hält sie mit beiden Händen fest.

Holger, sage ich, die anderen Patienten wollen schlafen, und wenn du hier am Gang rumläufst, wachen die auf. Ja, sagt Ambros, die anderen Patienten wollen schlafen. Mir egal, sagt er, können ja rauskommen und mitmachen, wenn sie wollen. Oder die sollen die Tropfen nehmen. Außerdem, sagt er, ist der hier an allem schuld. Er zeigt auf Ambros. Lass mich in Ruhe, sagt Ambros, halt einfach die Fresse.

Fresse, Fresse, sagt Holger, ich geb dir gleich Fresse. Er will kein Partyfoto von mir machen, sagt Holger, dabei hat er eine Kamera. Aber, sagt er, der Herr ist ja Künstler, der macht keine Partyfotos, nein, niemals.

Soll ich es dir sagen, schreit Ambros, warum du kein Foto kriegst? Soll ich es dir sagen? Du kriegst kein Foto, sagt er und betont jede Silbe, weil du deinen Scheißhodgkin überleben wirst!

Ed sagt, ich rufe jetzt den Oberarzt, und ich sage, nicht mehr nötig. Wendelin Pomp steht vor der Türe zu seinem Dienstzimmer, in Boxershorts und seinem weißen Krankenhauspoloshirt. In der einen Hand hat er seinen Piepser und in der anderen Hand einen Schokoriegel.

Er sieht Holger an, dann Ambros, Ed und mich und sagt, was soll der Scheiß, bei dem Lärm kann kein

Mensch schlafen. Ein Picknickfest, sagt Holger und Ed sagt, er will sein Schlafmittel nicht nehmen.

Pomp steckt ein Stück Schokoriegel in den Mund und sagt, wenn du es so nicht nimmst, gibt es eine Spritze. Keine Spritze, ich will keine Spritze, sagt Holger, und Pomp schüttelt den Kopf. Es ist mir völlig egal, sagt er, was irgendjemand hier will. Wer um die Zeit am Gang herumtanzt, kriegt eine Spritze.

Ed will etwas sagen und Holger umarmt seine Decke, da höre ich den Lift kommen. Es scheppert zweimal und sie kommen um die Ecke, zwei Krankenfahrer, die einen Metallsarg schieben. Sie bleiben vor uns stehen. Wo ist Follert?, fragt der vordere Krankenfahrer. Sein Kollege schwitzt stark und stopft sich das Hemd in die Hose.

Zimmer elf, sagt Ed, rechts hinten. Und da stehen wir, Ed, Ambros, Pomp und ich, und Holger, und der Sarg fährt an uns vorbei. Pomp steckt den Rest seines Schokoriegels in den Mund. Ein paar Minuten später schieben die Fahrer den Sarg zurück. Die ganze Zeit sagt niemand ein Wort, die Fahrer nicht, nicht Ambros, Ed oder ich, nicht einmal Holger. Pomp kaut seinen Schokoriegel und schluckt.

46

Ed ist mit Holger ins Zimmer gegangen und ich sitze mit Ambros am Gang. Pomp ist wieder im Dienstzimmer.

Soll ich dir einen Tee bringen?, frage ich. Ambros schüttelt den Kopf. War das Frau Follert?, fragt er. Ich nicke. Wie ist sie denn gestorben?, fragt er. Ich bin nicht sicher, ob er das wirklich wissen will. Zum Glück hat Ed auch den Boden am Gang gewischt, nicht nur das Zimmer. Es bringt nichts, wenn ich ihm alles sage, was hätte er für einen Nutzen? Ich sage, sie ist einfach eingeschlafen.

Blödsinn, sagt er, ich habe Ed vorhin mit dem Putzkübel gesehen. Okay, sage ich, sie ist verblutet. Aber sie hat nichts mehr mitgekriegt, es ist sehr schnell gegangen. Und wir haben ihr was gespritzt. Warst du dabei?, fragt Ambros. Ich nicke.

Das hätte ich ihm wahrscheinlich nicht erzählen sollen. Aber er hat Ed gesehen und was soll ich ihm da noch vorlügen. Manchmal ist die Wahrheit unumgänglich. Ich ziehe mich an dem Handlauf an der Wand hoch.

Ambros hat das Gesicht in die Hände gestützt. Alles okay?, frage ich. Er sagt, ich will hier raus. Sollen wir spazieren gehen?, frage ich und er sagt, nein, ich will ganz raus. Ich muss weg vom Krankenhaus, möglichst weit weg. Wie meinst du das, sage ich, du kannst nicht ganz raus, du bist nicht entlassen. Ich kann dir ein anderes Zimmer besorgen, sage ich, vielleicht ein Einzelzimmer.

Ambros zieht die Knie an den Körper. Klar, sagt er, ist ja gerade eines frei geworden. Ich lege mich doch nicht in ein Zimmer, in dem jemand gestorben ist. Es gibt hier sicher kein Zimmer und auch kein Bett, in dem noch keiner gestorben ist, sage ich. Ambros legt den Kopf auf die Knie.

Das war jetzt zu viel. Aber es stimmt. Das Krankenhaus hat vierhundert Betten, und wenn man es zusammenrechnet, stirbt wahrscheinlich ein Patient pro Bett pro Jahr. Natürlich nicht in jedem einzelnen Bett, aber insgesamt kommt das schon hin. Und hier an der Onkologie sind es eher mehr.

Entschuldige, sage ich und lege meinen Arm um seine Schultern. Bring mich nach Hause, sagt er, bitte. Bei mir zu Hause ist noch keiner gestorben.

47

Wir warten am Gang, bis Ed aus dem Zimmer kommt, dann noch zwanzig Minuten, bis Holgers Schlafmittel wirkt, dann holen wir den Rucksack, die Tablettenschachtel und eine Jacke für Ambros.

Ich sage zu Ed, wir gehen kurz vor die Türe rauchen, und sie nickt. Zum Glück hat sie nicht genau hergesehen. Ich stopfe die Jacke und den Rucksack zu Ambros auf den Rollstuhl und wir fahren zum Lift. Hast du Herrn Fridolin da?, fragt Ambros und ich sage, ja. Wir fahren mit dem Lift zur Garage.

Hallo, Herr Fridolin, sagt Ambros und klopft mit der Hand auf die Motorhaube. Ich möchte tanken fahren, sagt er, und Herrn Fridolin waschen. Warum willst du jetzt das Auto waschen, lass uns nach Hause fahren, sage ich. Er fährt mit dem Zeigefinger die Motorhaube entlang. Schau, sagt er, Herr Fridolin braucht eine Wäsche.

Warum das Auto ausgerechnet jetzt gewaschen werden muss, verstehe ich nicht, aber was soll ich dem Kranken seinen Wunsch abschlagen. Er hat schließlich Krebs, nicht ich, und wenn er sein Auto waschen will, fahren wir eben zur Waschanlage. Na gut, sage ich, Herr Fridolin bekommt seine Wäsche.

Ambros steigt auf der Beifahrerseite ein. Er kramt im Handschuhfach und holt eine CD hervor. Bush, sagt er und legt sie in den Discman, Razorblade Suitcase, und wir fahren los.

An der Tankstelle kaufe ich einen Bon für die Wäsche. Mit Unterbodenwäsche und Politur, sagt Ambros, als ich zahlen will. Die Kassiererin zerreißt den Bon und druckt einen neuen aus. Wir steigen wieder ins Auto und ich fahre ums Eck zur Waschanlage. Es ist eine kleine Waschbox mit einem Garagentor und davor stehen Gasflaschen hinter einem Zaun.

Vor uns wartet ein schwarzer BMW. Ich habe den Fahrer noch nicht gesehen, mag ihn aber nicht. Ich weiß nicht, woran es liegt, an der Automarke oder an sonst was, aber ich mag ihn nicht.

Schade, sagt Ambros. Was ist schade?, frage ich und er sagt, es ist keine Waschstraße, ich hätte lieber eine Waschstraße gehabt. Warum eine Waschstraße, frage ich und er sagt, in einer Waschstraße kann man im Auto sitzen bleiben. Deswegen wollte ich her, sagt er, ich möchte sitzen bleiben und sehen, wie Herr Fridolin gewaschen wird.

Das Tor geht auf und der BMW fährt in die Waschbox. Der Fahrer steigt aus und ich fühle mich bestätigt: rosa Poloshirt mit aufgestelltem Kragen.

Ambros hält sich am Türgriff fest und streicht mit dem Daumen über das Plastik. Ich hole mir einen Kaffee im Pappbecher von der Tankstelle und als ich zurückkomme, hat Ambros die Schuhe ausgezogen und die Füße auf das Armaturenbrett gelegt. Der Mann mit dem rosa Poloshirt steht vor der Waschanlage und drückt die Nase an ein Plastikfenster im Tor. Glaubst du, er wäre auch gerne sitzen geblieben?, fragt Ambros und ich sage, vielleicht.

Wir fahren in die Waschbox. Ich bleibe sitzen, sagt Ambros. Das ist verboten, sage ich und er sagt, das ist mir egal, ich will mir vorstellen, das ist eine Waschstraße, ich fahre mit Herrn Fridolin durch und am Ende sind wir beide sauber.

Ich steige aus, klappe die Spiegel zurück und schraube die Antenne ab. Ich öffne die hintere Türe, werfe die Antenne hinein und sage, kommst du jetzt, und er sagt, nein, ich bleibe hier. Ich kann ihn nicht mit Gewalt aus der Waschbox schleifen, also schließe ich die Türe und gehe hinaus.

Ich stecke den Bon in den Automaten vor der Waschbox und drücke auf den Startknopf. Das Tor schließt sich. Durch das Fenster kann ich Ambros' Hinterkopf sehen. Die Waschborsten schieben sich zwischen Herrn Fridolin und mein Fenster, und als sie wieder weg sind, ist von Ambros nichts mehr zu sehen.

Krampfanfall, er hat bestimmt einen Krampfanfall. Soll ich jetzt den Notschalter drücken? Und was, wenn er sich nur hingelegt hat, und dann habe ich die ganze Waschanlage stillgelegt, nur weil Ambros sich hingelegt hat.

Aber andererseits, im Auto ist alles weich, auf dem Sitz ist sogar eine Decke und was soll ich überhaupt tun, wenn er krampft. Ich kann gar nichts machen, außer zu warten, bis es vorbei ist. Und was soll ich dann tun, wenn ich den Notschalter gedrückt habe. Ich kann nicht die Rettung rufen, Ambros ist offiziell stationär im Krankenhaus, dann kann ich ihn nicht aus einer Waschanlage am Stadtrand mit dem Rettungswagen holen lassen. Ich warte.

Der BMW steht bei der Staubsauganlage nebenan. Der Fahrer saugt den Kofferraum aus.

Die Waschanlage macht weiter, Unterbodenwäsche, Trocknen, Wachs, Politur.

48

Es ist nicht meine Schuld, dass ich auf dem Rücksitz eingeschlafen bin, sagt Ambros. Eingeschlafen, sage ich, du bist nicht eingeschlafen, das war ein Krampfanfall. Woher willst du das wissen, sagt Ambros, du warst ja nicht im Auto. Kein Mensch schläft so schnell ein, sage ich, nicht einmal du. Schade eigentlich, sagt Ambros, dass ich jetzt die ganze Wäsche verpasst habe.

Ich starte den Motor. Fahren wir nach Hause, sage ich. Burger, sagt Ambros, ich will Burger und Pommes beim See. Bei welchem See?, frage ich und er sagt, na, bei unserem See vom Fortgehen. Es gibt einen Burger King in der Nähe.

Hast du deine Tabletten eigentlich mit?, frage ich und Ambros sagt, scheiß auf meine Tabletten, was willst du jetzt mit meinen Tabletten? Hast du sie mit?, frage ich und er nickt. Habe ich, sagt er, können wir jetzt aufhören, über Tabletten zu reden und endlich Burger kaufen?

Wir fahren Burger holen, mit Pommes, zwei große Cola, und dann fahren wir zum See. Es sind nur wenige Leute da, die in kleinen Gruppen herumsitzen und reden.

Das Gras ist ein bisschen nass und ich spüre, wie die Feuchtigkeit durch die Wolldecke dringt und meine Hose nass macht. Cooles Gewand eigentlich für einen Ausflug, sagt Ambros und hebt sein Krankenhausnachthemd an. Ich sehe an mir herunter. Ich habe ganz vergessen, dass ich immer noch in weiß bin. Ich ziehe das Poloshirt aus und kremple die Hose bis unter die Knie auf. Ambros zieht sein Nachthemd aus und setzt sich in Unterhosen neben mich auf die Decke.

Wir essen die Burger. Ambros isst in großen Bissen und kaut schnell. Den Burger isst er so hastig, dass er sich Ketchup und Soße auf das rechte Knie träufelt. Er leckt sie vom Knie. Er isst den ganzen Burger und alle Pommes, und danach macht er mit meinen Pommes weiter. Erstaunlich, der Appetit. Kommt wahrscheinlich von dem ganzen Kortison. Oder von den Joints.

Ich esse meinen Burger und trinke ein bisschen Cola, aber eigentlich will ich ein Bier.

Ambros, sage ich, ich gehe zur Tankstelle, willst du was? Haben die Eistee?, fragt er, ich will Eistee. Ich gehe zur Tankstelle. Jedes Mal, wenn ich die Tankstelle sehe, denke ich an Harald und seinen gefälschten Ausweis. Ich kaufe Bier und eine Plastikflasche mit Eistee und beeile mich, weil ich schnell zu Ambros zurückwill. Wir nehmen jeder einen großen Schluck, ich vom Bier und er vom Eistee. Darf ich kosten?, fragt er. Du willst Bier trinken?, frage ich.

Ambros hat noch nie Alkohol getrunken. Jedenfalls nicht, dass ich wüsste. Ja, sagt er, bitte. Ich gebe ihm die Bierflasche und er nimmt einen kleinen Schluck.

Nicht schlecht, sagt er, vielleicht sollte ich noch anfangen zu trinken. Auch schon egal, sagt er und lacht.

Du, sage ich, ich habe von dir geträumt. Wirklich, sagt er, erzähl. Ich war im Wasser, sage ich, im See. Es waren keine Wellen, und es war dunkel. Er nimmt einen Schluck Eistee. Du bist neben mir geschwommen, sage ich, oder besser gesagt, getrieben. Du bist am Rücken liegend neben mir hergetrieben und ich habe versucht, dich am Arm zu mir zu ziehen. Totermannstellung, sagt er. Was?, frage ich und er sagt, am Rücken treiben, das ist die Totermannstellung, kennst du das nicht? Sicher kenne ich das, sage ich, ich kann mich erinnern.

In der Schule hat Ambros so die fünfzehn Minuten Dauerschwimmen geschafft. Er hat sich auf den Rücken gelegt und hat sich treiben lassen, während ich und alle anderen unsere Längen geschwommen sind. Das Abzeichen fürs Dauerschwimmen hat er aber trotzdem bekommen.

Und?, fragt er. Was, und, frage ich und er sagt, du hast versucht, mich zu dir zu ziehen. Hat es funktioniert? Weiß ich nicht, sage ich, ich bin aufgewacht.

Ich glaube schon, sagt er, dass du es geschafft hast. Er legt sich auf den Rücken ins Gras. Ambros, sage ich und er dreht den Kopf ein wenig in meine Richtung und sagt, was denn? Den Plattenspieler hast du nicht weggeworfen. Nein, sagt er. Warum hast du den behalten?, frage ich und er sagt, nur so.

Musik wäre schön, sagt er, kannst du den Discman holen?

Ich hole den Discman aus dem Auto und die Kopfhörer aus meinem Rucksack. Ich lege mich auf die Decke und Ambros legt sich rechts neben mich. Unsere Oberarme berühren sich. Jeder bekommt einen Kopfhörerstöpsel, ich den linken, er den rechten. Das Kabel ist kurz und wir müssen unsere Köpfe aneinanderlegen. Wir hören wieder Bush, Straight No Chaser. Unsere Arme kleben aneinander und seine Stoppelhaare kitzeln ein bisschen an meiner Schläfe.

49

Ich parke Herrn Fridolin in der Kurzparkzone vor der Siedlung. Der Garagenplatz ist zu weit vom Lift entfernt. Aber in der Kurzparkzone kann man direkt vor dem Eingang zur Siedlung stehen bleiben und morgen müssen wir sowieso bald weg, damit wir vor der Visite wieder auf der Station sind.

So hat Ambros weniger weit zu gehen. Wir sind sehr langsam, weil ich ihn den ganzen Weg stützen muss. Ich umfasse mit einer Hand seinen Oberkörper und drücke ihn eng an mich. Von mir aus hätte der Weg noch länger dauern können.

Die Wohnung habe ich nicht aufgeräumt. Meine Bettwäsche liegt auf der Couch und die Reste vom Frühstück stehen auf dem Tisch in der Küche. Es riecht nach Pizza und Knoblauch. Ich bringe Ambros zur Bank beim Esstisch und öffne ein Fenster.

Ich habe noch Hunger, sage ich, du auch? Ambros schüttelt den Kopf. Ich koche Wasser für Nudeln und schütte, als es kocht, die ganze Packung auf einmal in den Topf. Er ist zu klein und Wasser spritzt auf die Herdplatte.

Ambros kramt in seinem Rucksack und holt seine Tablettenschachtel hervor. Er schiebt den Deckel zurück und pickt mit Daumen und Zeigefinger drei Tabletten aus dem mittleren Fach. Heute ist Mittwoch, sagt er, oder? Ich sage, heute ist Mittwoch. Er nimmt die Tabletten in den Mund. Brauchst du Wasser?, frage ich. Ambros schüttelt den Kopf und schluckt alle drei Tabletten auf einmal.

Ich habe eine Überraschung für dich, sage ich, willst du sie sehen? Ich will eigentlich nur sitzen, sagt Ambros und stützt sich mit beiden Händen auf der Sitzbank auf. Bitte, sage ich, es dauert nicht lang. Die Nudeln brauchen sowieso noch ein paar Minuten.

Er sagt, ich will wirklich sitzen, kannst du die Überraschung nicht herbringen? Das geht nicht, sage ich, du musst ins Wohnzimmer kommen. Ich nehme seine Hand und ziehe. Er bleibt sitzen. Komm schon, sage ich und greife unter seine Achseln und hebe ihn hoch. Er ist ganz leicht. Na gut, sagt er, aber nur kurz.

Er stützt sich auf der Tischplatte ab und tastet sich vorwärts, bis er am Ende des Tischs angekommen ist und keinen Halt mehr findet. Ich nehme seinen Arm und umfasse mit der anderen Hand seinen Brustkorb. Er geht langsam und mit kleinen Schritten mit mir ins Wohnzimmer.

Ich habe mir so oft vorgestellt, wie es sein wird, dass ich es jetzt schnell vorbereiten kann. Ich stelle einen Sessel in die Mitte des Zimmers, gegenüber vom Bücherregal. Ambros setzt sich hin. Nicht, dass er groß die Wahl hätte, es ist der einzige Sessel und er muss sitzen, weil er stürzen wird, wenn ich ihn nicht mehr stütze.

Ich gehe zum Plattenspieler und lege die Nirvana-LP auf. Lied vier, das David-Bowie-Cover. Ich treffe den Beginn mit der Gitarre genau.

Ich stelle die Kamera so in das Regal, dass sie ihn gut im Bild hat. Was wird das?, fragt er und ich sage, das wird dein Foto, für das Projekt.

Er hält sich mit beiden Händen an der Sitzfläche des Sessels fest. Ich bin aufgeregt und spüre meinen Puls in der Halsschlagader. Ich will nicht, sagt er. Komm, sage ich, es geht ganz schnell. Wir sind fertig, bevor die Nudeln so weit sind. Ich will nicht, sagt er.

Da muss er jetzt durch. Er will nicht glauben, dass es schon so weit ist, aber jeder, der will, kann sehen, dass es sehr wohl so weit ist. Es bleibt nicht mehr viel Zeit. Besser, das Projekt ist erledigt, bevor es ihm so schlecht geht, dass es zu spät ist. Was wir haben, haben wir.

Die Leuchte für den Blitz blinkt. Die Batterien sind schwach und es dauert ein bisschen, bis er geladen ist. Warte, sage ich, gleich geht es los. Ich stelle auf Selbstauslöser, damit ich das Bild nicht beim Abdrücken verwackle. Fünfzehn Sekunden, sage ich. Kannst du kurz die Luft anhalten? Dann wird das Foto ruhiger. Ben, sagt er, bitte nicht. Zehn Sekunden, sage ich.

Er sagt noch einmal, bitte, und ich sage, jetzt die Luft anhalten. Und dann drückt er sich mit beiden Händen von dem Sessel weg und will aufstehen. Aber er ist zu schwach, er schafft es nicht. Es blitzt und er stürzt und die Kamera löst aus.

Der Motor surrt und spuckt das Foto aus. Ambros liegt am Boden. Er schreit nicht, er bewegt sich nicht, er weint nicht einmal. Ich knie mich neben ihn und lege die Hand auf seinen Oberarm. Ist alles okay?, frage ich, und er schließt die Augen. Bring mich ins Krankenhaus, sagt er.

Er beginnt erst auf der Rückfahrt zu weinen, leise, und nur, als er glaubt, dass ich nicht hinsehe.

50

Ich habe Herrn Fridolin in der Krankenhausgarage gelassen. Ambros hat auf der ganzen Rückfahrt kein Wort geredet und sich auch auf der Station nicht verabschiedet. Ed hat uns zum Glück nicht bemerkt und Pomp hat sowieso geschlafen.

Ich will nicht zurück in die Wohnung, nicht gleich. Warum Ambros so reagiert hat. Jetzt habe ich ihm geholfen, sein Projekt abzuschließen, und dann das. Er wird bald sterben, so viel ist klar, das weiß er auch, sollte er jedenfalls wissen. Wenn er nicht abschließen will, warum fängt er so ein Projekt an. Und es war auch nicht meine Idee, Menschen zu fotografieren.

Ich dachte, heute wäre ein guter Tag dafür. Nur das Ende habe ich mir anders vorgestellt. Ich hätte ihn schon gerne bei mir gespürt und die Nacht mit ihm in der Wohnung verbracht, nachdem wir das Projekt gemeinsam beendet haben.

Um diese Zeit fährt kein Bus mehr, auch keine S-Bahn, und ich gehe zu Fuß in die Innenstadt. Wenn ich gehe, vergesse ich meistens nachher, was ich beim Gehen gedacht habe. Das ist wie beim Autofahren. Da weiß man auch oft nicht, wie man eigentlich von A nach B gekommen ist.

Ich könnte mich betrinken. So ganz klassisch, eine Bar mit zwei, drei traurigen Gestalten und einem Barkeeper mit Fliege. Wie im Film. Und dann einen doppelten Whiskey reinkippen und noch einen und am Ende sieht man meine Hand, wie sie die des Barkeepers festhält, und ich sage, lass die Flasche hier.

Nur, es gibt in der Stadt, glaube ich, keine Bar mit einem Barkeeper mit Fliege. Und nach dem zweiten Whiskey wäre mir schlecht und ich müsste nach Hause gehen.

Ich gehe in das erstbeste Lokal. Es ist dunkel, man kann kaum die Karte lesen. Ich setze mich in einen goldenen Plastiksessel und nehme die Cocktailkarte, obwohl ich Cocktails nicht leiden kann.

Der Kellner kommt an meinen Tisch. Sein Kinn ist zu breit für seinen Kopf und am Unterarm hat er ein Löwentattoo. Ich bestelle ein Bier. Der Kellner ist nett. Und schön. Vielleicht sollte ich ihn ansprechen, so in etwa: Hey, hör mal, willst du nicht auf einen Kaffee mitkommen. Ich habe eine tolle Wohnung fast ohne Möbel, gehört meinem todkranken Exfreund Ambros. Schau nicht so, würde ich sagen, er ist im Krankenhaus und stört uns nicht.

51

Mir ist immer noch schlecht. Ich stehe auf, gehe zur Wasserleitung und trinke. Es wird nicht besser. Ich gehe zu Ambros' Medikamentenschrank und hole eine Tablette gegen Chemotherapieübelkeit heraus.

Es ist eine kleine, weiße Tablette, wie aus Karton. Ich lege sie auf die Zunge und lasse sie zergehen. Sie schmeckt bitter und löst sich sofort auf. Ich setze mich auf die Couch und warte, bis die Wirkung eintritt.

Die Wirkung von Tabletten kommt immer langsam und irgendwie schleichend. Mit Kopfschmerztabletten ist es ähnlich. Man hat Schmerzen und nimmt eine Tablette und dann bemerkt man gar nicht, wann die Wirkung eingesetzt hat. Eine Stunde nach der Tablette kocht man vielleicht gerade oder putzt, und dann bemerkt man plötzlich, dass die Schmerzen weg sind.

Ich liege auf der Couch und überlege, ob ich heute noch etwas essen werde können, und dann, während ich noch überlege, bemerke ich, dass die Übelkeit weg ist, und kriege Appetit auf Schokolade. Ich gehe in die Küche und durchsuche die Kästen. Irgendwo muss er etwas Süßes versteckt haben. Das gibt es nicht, selbst Ambros muss doch irgendwann was Süßes gegessen haben. Ich finde nichts, nur ein Glas Nutella, und setze mich mit dem Glas und einem Löffel im Wohnzimmer auf die Couch.

Zwei vermisste Anrufe vom Krankenhaus. Ich gehe da heute sicher nicht hin. Was soll ich auch tun, bei der

Visite mitgehen, mich ganz hinten hinstellen, wenn wir zu Ambros und Kobicek kommen, und dann grinsen, bis wir wieder draußen sind?

Ich rufe in der Personalabteilung an und melde mich krank.

Die Kamera liegt noch auf dem Regal und das Foto steckt auch noch drin. Ich nehme die Kamera und gebe dem Regal einen Tritt.

Ich nehme das Foto heraus. Ambros sollte jetzt hier sein und das Foto mit mir gemeinsam ansehen, aber nein, er muss ja alles kaputtmachen und ins Krankenhaus zurück.

Man sollte ein so wichtiges Foto nicht alleine ansehen müssen. Wenn wenigstens der Kellner mit dem Löwentattoo hier wäre, aber nicht mal den habe ich.

52

Ich brauche ein Titelblatt. Jedes Projekt braucht ein Titelblatt. Ich muss es schön machen, weil wenn ich es Ambros ins Krankenhaus bringe, muss es schön sein. Wenn es schön ist, wird es ihm gefallen, und dann ist am Ende alles wieder gut.

Wenn es wirklich schön werden soll, muss ich es am Computer machen. Ich starte Ambros' Computer und Word. Ich suche eine schöne Schriftart und probiere sie: Bookman Old Style, fett, kursiv, Schriftgröße 48. Ich tippe „TITEL", weil mir kein guter Titel einfällt, und stelle die Schrift auf Kapitälchen.

Das Mailprogramm piepst. Die Mail ist vom Krankenhaus, eine automatische Benachrichtigung.

Sehr geehrter Herr Wegener, steht ganz am Anfang. Es wurde ein neuer Befund für Sie freigegeben, steht da weiter, und dann ein Link. Ich klicke auf den Link, es dauert ein wenig und dann ist eine Passwortabfrage. Der Computer füllt das Passwort automatisch aus. Ambros hat es gespeichert.

Der Computer lädt das PDF, einen Arztbrief.

Todesfallbericht

Sehr geehrter Herr Kollege, sehr geehrte Frau Kollegin,

wir bedauern, Ihnen mitteilen zu müssen, dass unser gemeinsamer Patient, Herr Ambros WEGENER, am 30.08.2002 an unserer Abteilung an den Folgen seines fortgeschrittenen metastasierenden Melanoms verstorben ist.

Eine Obduktion wurde durchgeführt. Die diesbezüglichen Details entnehmen Sie bitte dem umseitig beiliegenden Bericht.

Mit kollegialen Grüßen,
Dr. Wendelin Pomp
Oberarzt

53

Keine Ahnung, wie spät es ist. Es ist hell draußen, aber es könnte vier Uhr früh sein oder vier Uhr Nachmittag, ich habe keine Ahnung. Mein Handy hat keinen Strom, und es ist mir egal. Ich stehe von der Couch auf und lege mich flach auf den Boden. Der Boden ist kühl.

Ich bin so dumm, so dumm. Wenn ich an mich selbst denke, wie ich ihn platziert habe. Meine Zehen und Waden krampfen sich zusammen bei dem Gedanken.

Ich lasse alles locker, atme tief ein und halte die Luft an, bis ich nicht mehr kann, dann versuche ich, ganz normal ein- und auszuatmen, nicht tiefer oder schneller als sonst, obwohl ich Atemnot habe vom Luftanhalten.

Langsam beruhigt sich mein Atem wieder und das Gefühl verschwindet.

Ich greife auf den Couchtisch nach Ambros' Medikamentenschachtel. Ich setze mich auf, nehme die Tabletten raus, die Mittags- und die Abenddosis, und sortiere sie in meiner hohlen Hand. Zwei Kapseln, drei Tabletten. Die Magentablette und das Kortison für die Hirnhautmetastasen lege ich wieder zurück und schlucke den Rest. Wird schon etwas zum Schlafen dabei sein.

54

Ich träume von Tonnen aus Metall. Die Tonnen sind weiß und tragen die Aufschrift: Methotrexat. Sie stehen im Freien und sind groß, groß wie riesige Öltanks. Sie sind am Boden befestigt, mit dicken Schrauben, deren Muttern man sogar aus der Distanz sehen kann.

Es ist Abend. Zwei Tonnen stehen nahe beieinander, und ich versuche, dazwischen durchzusehen, aber ich kann nichts erkennen. Näher kommen kann ich nicht. Ich weiß nicht, warum.

Ich schaue und schaue, es wird dunkler. Eine Gestalt tritt zwischen den Tonnen hervor. Sie kommt näher. Es ist der Kellner mit dem Löwentattoo. Er schlendert zwischen den Tanks hindurch, ganz langsam, als wolle er sagen, schau her, ich kann hier schlendern, ich bin hier zu Hause, dieser Platz gehört mir.

55

Ich habe Hunger. Es ist dunkel und mir ist schwindlig. Ich kann mich nicht erinnern, wie ich auf die Couch gelangt bin. Ich stehe auf und stütze mich kurz an der Lehne ab, dann gehe ich in die Küche und mache mir Toastbrot mit Nutella.

Ich esse so lange Nutella, bis mir schlecht ist, dann nehme ich eine Tablette, lasse sie im Mund zergehen und lege mich wieder auf die Couch.

56

Es ist derselbe Traum.

Ambros treibt neben mir im Wasser. Es ist dunkel und ich schwimme. Ambros, sage ich, und er antwortet nicht. Ich stupse ihn mit dem Zeigefinger an und er treibt von mir weg.

57

Ich sitze im Wohnzimmer am Esstisch. Vor mir liegt ein leeres Blatt Papier. Ich schreibe die Überschrift hin: „Das Projekt“. Ich sollte planen, sollte die nächsten Schritte überlegen, auch wenn es schwierig ist alleine, und auch wenn es kaum Sinn macht, ohne Ambros irgendetwas vom Projekt fertig zu machen.

58

Ich habe das Bett neu überzogen, ganz weiß. Ich liege flach am Rücken auf dem Bett und habe die Arme und Beine von mir gestreckt. Draußen ist es dunkel.

Der Wind knallt die Metalljalousien gegen das Fenster, alle paar Sekunden.

59

Ich habe zu viel Kaffee getrunken. Vier vermisste Anrufe vom Krankenhaus. Auf dem Tisch habe ich alle Fotos sortiert. Ich sollte wahrscheinlich rausgehen, aber ich kann mich nicht aufraffen. Ich schlage die Beine übereinander, dann stelle ich sie wieder nebeneinander auf den Boden. Ich trinke den letzten Schluck meines Filterkaffees und stelle die Tasse auf den Tisch zurück.

60

Alles muss weg. Ich muss es selber machen. Alles muss ich selber machen, aber so habe ich wenigstens die Sicherheit, dass es bis zum Ende durchgezogen wird.

Ich brauche nicht viele Fotos, einen Film vielleicht oder zwei. Ich suche in Ambros' Fotoausrüstung und finde einen verpackten Schwarzweißfilm. Das wird reichen. Ein Film, zwei große Müllsäcke. Ich wische die Fotos vom Tisch und sammle Ambros' letzte Dinge ein. Ich ordne sie auf dem Tisch. Es sind: die Poster, die Bücher und das letzte Küchengeschirr. Dann Gewand: vier Unterhosen, Socken, die weißen T-Shirts, zwei Hosen. Ich suche noch den Rest zusammen: den Laptop, eine Wochenzeitung von vor zwei Wochen, einen Kugelschreiber, einen Block.

Ich fotografiere alles, dann packe ich die Sachen in die Müllsäcke und knote sie zu. Ich stecke die Kamera in meinen Rucksack und packe den Rest meiner Sachen, dann verlasse ich die Wohnung und werfe draußen die Müllsäcke in die Container.

Hätte ich das Projekt geplant, hätte ich es gut geplant. Ich hätte keine Sofortbildkamera genommen, sondern eine Digitalkamera, dann hätte ich die Fotos gleich am PC gehabt. Aber so ist Ambros. Er geht lieber die Umwege, die schön aussehen, aber letztlich nicht zum Ziel führen. Oder zu spät.

61

Ich rufe ein Taxi und warte vor der Siedlung. Mir ist kalt, obwohl es nicht kalt ist und ich das Walfischshirt trage.

Das Taxi ist ein großer, alter Mercedes. Ich winke, obwohl außer mir niemand am Gehsteig steht.

Der Fahrer hält, schiebt seinen Bauch am Lenkrad vorbei und öffnet von innen die Beifahrertüre. Guten Abend, sagt er, wohin soll's gehen? Ich gebe ihm die Adresse. Er legt die Hand auf den Lautstärkeregler des Radios und fragt, was dagegen? Ich schüttle den Kopf. Wir hören ein Hörspiel, sagt er, Literatur. Er legt den Gang ein und fährt los. Kennen Sie sich aus damit?

Nicht wirklich, sage ich und er sagt, hören Sie hin. Ich höre hin. Ein Mann im Radio liest Gedichte. Seine Stimme klingt alt, und er rollt und schmatzt die Buchstaben, jedes „R“, jedes „M“, als würde er sie kauen. Manchmal vergisst er darauf, wenn die Stelle pathetisch wird und die Stimme so laut, dass der Kugelschreiber im Lüftungsschlitz scheppert.

Den Text kenne ich nicht, höre nur halb hin und behalte die Straße im Auge, weil der Fahrer zu schnell fährt und überholt, wo er eben Platz findet.

Kennen Sie es?, fragt er und ich sage, nein, kenne ich nicht. Er bremst und bleibt an einer grün blinkenden Ampel stehen. Wirklich nicht, sagt er, das ist sehr bekannt. Ich gebe Ihnen einen Tipp. Er verringert die

Lautstärke. Der Autor, sagt er, ist seit den Sechzigerjahren tot.

Ich zucke mit den Schultern. Der Fahrer stellt die Lautstärke hoch und sagt, raten Sie. Ich will nicht raten. Rilke, sage ich.

Der Fahrer hustet und steigt aufs Gas. Junger Mann, sagt er, nicht wirklich? Ich beiße mir auf die Unterlippe und schaue aus dem Fenster. Kein Krankenhaus in Sicht, rechts Schallschutzmauern, links ein Supermarkt. Ich wünschte, er würde die Hände auf dem Lenkrad behalten.

Hesse, sagt er, junger Mann, Hesse. Nobelpreis, der Steppenwolf und so? Ich nicke und sage, aha. Er biegt rechts ab und ich halte mich am Türgriff fest. Hesse, sagt er, lesen Sie alles von Hesse, und bleibt vor dem Krankenhaus stehen.

62

Adelheid geht es schlecht. Schweinchen Pomp atmet schon selbst mit. Er soll morgen aufwachen, sagt Tanja, und dann nach dem Wochenende zurück in den Stall, um zu sehen, wie sein Hirn die ganze Sache vertragen hat. Wir testen nur grob. Also ob er fressen kann, laufen, und so weiter. Genaueres gibt es dann erst bei der Obduktion.

Sie zeigt mir den Verlauf der letzten zwölf Stunden, Medikamente, Motorspritzen, Blutdruck. Adelheid kann noch mehr Noradrenalin kriegen, sagt sie, aber keine Reanimation mehr. Wenn's kommt, kommt's, sagt sie, ist wahrscheinlich sowieso nur mehr Gemüse im Kopf. Schönen Abend, sage ich und stelle meinen Rucksack in die Ecke.

Ich sitze eine Zeitlang bei den Schweinen und beobachte Adelheids Brustkorb, wie er sich hebt und senkt. Manchmal, wenn es das Beatmungsgerät vorgibt, kommt ein tieferer Atemzug. Schweinchen Pomp ist intubiert, atmet aber schon selbst. Er macht Pausen, drei, vier Sekunden, tiefe Atemzüge, und zuckt gelegentlich, als versuche er, zu husten.

Ich hole die Kamera aus dem Rucksack. Ich bin nicht in Eile, und ich lasse mir Zeit. Drei Fotos mache ich von Adelheid und zwei von Schweinchen Pomp, dann passt es. Ich schüttle alle Fotos, bis sie fertig sind.

Adelheid ist als Erste dran. Sie quält sich seit drei Wochen, sie hat auch ein Anrecht darauf, als Erste zu sterben.

Ich gehe zur Motorspritze mit dem Fentanyl und entriegle den Kolben. Es ist eine große Spritze, fünfzig Milliliter, und sie ist noch fast ganz voll. Ich drehe am Dreiwegehahn von Adelheids Infusionszugang, bis nur mehr der Schenkel mit meiner Spritze funktioniert, und schalte die Motorspritzen für die Kreislaufunterstützung ab, weil sie sofort zu piepsen beginnen.

Ambros hätte es auch so gewollt. Sie hat es versucht, oft versucht, aber wir haben es geschafft, sie dran jedes Mal zu hindern.

Ich lege den Daumen hinten auf die Spritze und beginne zu singen. Ich singe Ambros' Schlaflied. Der Mond ist aufgegangen, singe ich und stelle die Beatmungsmaschine ab, die goldnen Sternlein prangen am Himmel hell und klar.

Die Spritze ist leer, als ich bei „des Tages Jammer" angekommen bin, und bei der letzten Strophe hat Adelheids Herz aufgehört zu schlagen.

Bei Schweinchen Pomp dauert es ein wenig länger, aber dann ist es auch für ihn vorbei. Es ist besser für ihn. Sein Herz war stärker, ja, und sein Blutdruck stabil, aber was hätte er gemacht ohne Adelheid, allein auf der Schweinestation.

Er hat es besser so, so hätte er jetzt keine Hoffnung mehr, ist einfach direkt vom Schlaf zum Tod rübergeglitten. So, wie es sich eigentlich jeder Mensch wünscht. Was aber kaum jemand kriegt. Da muss man schon ein Schwein sein und bei mir im Versuchslabor, damit man so etwas bekommt.

Ich setze mich auf den Sessel zwischen die Betten und summe das Lied noch einmal, leise, für beide Schweine.

63

Ich schüttle die Fotos. Ich habe sie den Weg bis auf die Raucherterrasse geschüttelt und noch nicht angesehen.

Näher geht es nicht. Man kann mit einem Foto nicht näher an das Verschwinden herankommen, das ist nicht möglich.

Adelheids Foto ist besser gelungen. Ruhig sieht sie aus, und das Bild ist gestochen scharf. Nur die Farben sind ein wenig blass.

Ich höre, wie die Terrassentür sich öffnet. Hallo Benjamin, sagt Pomp hinter mir. Er setzt sich neben mich. Ich stecke die Fotos in den Rucksack.

Ich will nicht reden, nicht mit Pomp und auch mit niemandem sonst. Ich will nach Hause und die Fotos beschriften, sie ordnen und das Projekt beenden.

Du siehst beschissen aus, sagt Pomp und hält mir seinen Kaffeebecher hin. Danke, sage ich und nehme einen Schluck. Er hat Recht. Als Espresso ist der Automatenkaffee genauso scheußlich wie als Cappuccino.

Ich hole meine Zigaretten aus dem Rucksack. Kann ich eine haben?, fragt Pomp. Seit wann rauchst du?, frage ich und halte ihm die Packung hin. Manchmal, sagt er, wenn ich betrunken bin. Bist du jetzt betrunken?, frage ich und er schüttelt den Kopf. Manchmal, sagt er, ist es nüchtern auch okay.

Ich gebe ihm Feuer und zünde dann meine eigene Zigarette an. Er nimmt einen Zug und hustet.

Hast du es gehört?, fragt er. Ich nicke. Er nimmt einen weiteren Zug, hustet wieder und dämpft die Zigarette aus.

Scheiße, sagt er, oder? Ich nicke wieder. Willst du wissen, fragt er, wie es war? Ich weiß nicht, sage ich. Es war gut, sagt Pomp, ich war bei ihm. Ed auch?, frage ich und er sagt, auch Ed. Gut, sage ich.

Du solltest ihn besuchen, sagt er. Ich sage nichts. Ich weiß nicht, ob ich das kann. Oder will. Ob ich es aushalten könnte. Mein Kopf wird leicht und ich spüre mein Herz schlagen.

Ich dachte, du hältst nichts vom Verabschieden?, frage ich. Bei Patienten, sagt Pomp. Warum soll ich jetzt noch zu ihm, sage ich, und was soll ich bei ihm machen? Und während ich noch rede, weiß ich, dass Pomp Recht hat.

Er kramt in der Manteltasche und holt seinen Schlüsselbund hervor. Er löst den Schlüssel mit dem blauen Klebeband und hält ihn mir hin. Er ist noch dort, sagt Pomp, du kennst ja den Weg.

64

Es handelt sich, steht im Obduktionsbefund, um eine männliche Leiche in stark reduziertem Ernährungszustand.

Ich kann die Augen nicht schließen. Würde ich sie schließen, wären sie sofort da: kleine schwarze Punkte, die wie Kaulquappen in meinem Gesichtsfeld schwimmen. Tun sie nichts, sinken sie nach unten. Ich kann unter den Lidern wegsehen, aber dann wird mir wegen der Bewegung meiner Augäpfel schwindlig.

Ich kann also nicht, wie man das jetzt normalerweise machen würde, kurz die Augen schließen und durchatmen. Ich lasse die Augen offen und drücke die Türklinke hinunter.

Das Herz, steht an einer anderen Stelle, ist leichenfaustgroß und von unauffälliger Struktur. Die Organe im Bauch und im restlichen Brustkorb, steht da weiter, sind durchsetzt von Metastasen. Insbesondere, heißt es, ist die Leber weitgehend aufgebraucht, und, wo noch vorhanden, brüchig wie Zunder.

Ambros' Augen sind geschlossen und er ist nackt. Den Infusionszugang hat man entfernt. Von unterhalb seines Bauchnabels bis zum Hals läuft ein Schnitt, der mit grobem Bindfaden vernäht ist. Die gleiche Naht geht auf Höhe seiner Augenbrauen einmal rund um seinen Kopf.

Ich suche im Rucksack nach meinem Duschgel, dann drehe ich den Wasserhahn auf und warte, bis die Temperatur angenehm ist. Ich dusche ihn langsam und ohne ihn zu berühren und sehe dem Wasser zu, wie es im Abfluss in der Mitte des Tisches verschwindet.

Ich öffne das Duschgel und nehme eine kleine Menge in die Hand. Ich rieche daran, verteile es auf meinen Händen und trage es langsam auf, zuerst auf den linken Fuß, dann auf den rechten, auf die Fußsohle, die Zehenzwischenräume, die Knöchel.

Die Knie fasse ich mit beiden Händen von hinten, die Finger in den Kniekehlen, die Daumen auf den Kniescheiben. Ich streiche die Haare an den Unterschenkeln glatt.

Ich creme die Oberschenkel ein und bewege meine Hände in die Leiste. Als ich zu seinem Geschlecht komme, zittern meine Finger. Ich nehme neues Duschgel aus der Flasche. Ich wasche die Hoden, seinen Penis mit beiden Händen.

Ich gehe zwei Schritte vom Tisch weg, wasche meine Hände und das Gesicht unter der Brause und nehme eines der grünen Abdecktücher von dem Stapel am Rand und trockne mein Gesicht ab.

Seine Beckenknochen ragen über das Niveau seines Bauchs hinaus. Ich umfahre sie mit dem Zeigefinger, zuerst links, dann rechts und streiche mit der flachen Hand hinunter zum Nabel. Direkt unter dem Nabel kann man einen Widerstand tasten, ein großes, pralles Gebilde, wahrscheinlich die Leber oder die Milz. Da drin liegt nichts mehr an seinem Platz. Ich massiere das Duschgel in den Bauch ein und der Widerstand gleitet weg.

Der Bindfaden am Bauch fühlt sich rau an, und aus der Wunde sickert ein rötliches Sekret. Ich wische es weg und nehme noch etwas Duschgel. Mit der flachen Hand massiere ich es in seinen Brustkorb ein, vorsichtig, um das Brustbein nicht zu verschieben. Ich kann die Rippen spüren, einzeln unter der Haut. Ich creme die Brustwarzen ein, links und rechts.

Die Arme liegen eng am Körper. Ich hebe sie an, zuerst den linken, dann den rechten, und spreize sie etwas vom Körper ab. Ich umfasse sie mit beiden Händen und streiche über den Oberarm, den Ellenbogen, die Blutergüsse, zum Unterarm, zur Hand. Die Handflächen massiere ich mit kleinen, trommelnden Bewegungen, und dann, einzeln, die Finger.

Für das Gesicht lasse ich mir Zeit. Ich trage das Gel auf und putze Spucke und Blut aus dem Mundwinkel weg. Ich massiere das Duschgel mit den Fingerspitzen in die Kopfhaut ein und fahre mit dem Zeigefinger die Konturen seiner Ohrmuschel nach.

Ich prüfe noch einmal die Wassertemperatur und brause ihn ab, bis alles Duschgel verschwunden ist. Ich tupfe ihn trocken und packe das Duschgel wieder in den Rucksack.

Ich schlinge das Handtuch als Turban um seinen Kopf und dann küsse ich Ambros zum Abschied leicht auf den Mund.

Todesursache, steht am Ende, war ein Multiorganversagen auf dem Boden der bekannten Grunderkrankung. Der Befund, steht da weiter, ist nach Diktat geschrieben und ohne Unterschrift oder elektronische Freigabe ungültig.

Tanja Paar
Die Unversehrten
Roman
160 Seiten, gebunden mit Schutzumschlag
ISBN 978-3-7099-3416-6
€ 17.90

Zwei Frauen, ein Mann, ein Kind – und die bittere Süße des Lebens: Violenta lernt Martin während ihres Studiums kennen. Sie führen über mehrere Jahre eine Fernbeziehung zwischen Berlin und Bologna. Dass er ihr nicht treu ist, stört sie nicht, solange es nur um Sex geht. Doch da kommt Klara ins Spiel. Martin trifft sie öfters und da passiert es: Klara ist schwanger. Sie beschließt, das Kind zu behalten, womit auch Martins Lebensweg vorgezeichnet scheint. Violenta geht nach Genf, um die Karriere voranzutreiben, während in Berlin der bittersüße Familienalltag einkehrt. Bis eines Tages Violenta wieder auftaucht – und das Leben aller schlagartig ein anderes ist.

Tanja Paar besticht in ihrem ersten Roman sprachlich wie kompositorisch mit einer Präzision, die selten ist. Sie erzählt eine Geschichte von Unglück, Eifersucht und Rache, die sich in der kleinsten Zelle unserer Gesellschaft abspielt – der Familie. Wie weit kann man gehen, wenn das eigene Glück auf dem Spiel steht? Ein intensives Buch mit ungeheurer Zündkraft, das Fragen durchexerziert, die Frauen und Männer im modernen Leben existentiell berühren.

Bettina Balàka
Die Prinzessin von Arborio
Roman
264 Seiten, gebunden mit Schutzumschlag
ISBN 978-3-7099-7239-7
€ 19.90

Elisabetta Zorzi ist attraktiv, beruflich erfolgreich und begehrt – und sie ist eine schwarze Witwe, wie sie im Buche steht. Die beliebte Restaurantchefin ist es gewohnt, dass sie bekommt, was sie will. Doch keiner ahnt, wie gefährlich es ist, sich in ihre Nähe zu begeben. Denn einmal in Missgunst gefallen, müssen die Männer in Elisabetta Zorzis Leben sterben. Einer nach dem anderen ...

Die charmante Mörderin trauert gerade um ihren jüngst verstorbenen Ehemann, als sie von dem Kriminalpsychologen Arnold Körber überführt wird. Körber ist fasziniert von Zorzis Verbrechen, noch mehr aber von ihr selbst. – Die Serienmörderin und der Profiler – ob diese Liaison ein gutes Ende nehmen kann?

Eine Liebesgeschichte mit Nervenkitzel: Bissig, spannend, klug und von bezwingender Leichtigkeit verbindet Bettina Balàka mühelos Krimi und Liebesgeschichte zu einem außergewöhnlichen Roman – scharf beobachtet, brillant erzählt und wunderbar amüsant.

Selim Özdogan
Wieso Heimat, ich wohne zur Miete
Roman
248 Seiten, gebunden mit Schutzumschlag
ISBN 978-3-7099-7238-0
€ 19.90

Krishna Mustafa wird von Laura verlassen, weil er seine Identität noch nicht gefunden hat – was immer das heißen mag. Kurz entschlossen reist er nach Istanbul, in die Stadt, in der er geboren ist. Auf der Suche nach seinen Wurzeln, der verlorenen Liebe und guter Schokolade erlebt Krishna die absurdesten Abenteuer, verpasst regelmäßig seinen Vater und findet Freunde, die zu ihm stehen.

Ein grandios kluger und grandios komischer Roman, der Vorurteile entlarvt, Klischees bloßlegt – und dabei ungeheuren Spaß macht.

„Deutschland und Türkei – so cool, poetisch und unterhaltsam hat davon noch niemand erzählt. Diesem Autor muss man zuhören!“
Fatih Akin, Filmregisseur